Grazia Deledda

Sole d'estate

Texte et illustration de couverture : © domaine public
Edition : Culturea (Hérault, 34)
Contact : infos@culturea.fr
Retrouvez notre catalogue sur http://culturea.fr
Imprimé en Allemagne par Books on Demand
Design typographique : Derek Murphy
Layout : Reedsy (https://reedsy.com/)

Dépôt légal : janvier 2023
Tous droits réservés pour tous pays

ISBN : 9791041841639

BONACCIA

Anche le burrasche sono buone per i poveri. Il mare, come un padrone rabbioso che impone alla serva di fare una buona pulizia alla casa, rigetta a terra tutti i detriti che non gli garbano: e questi rifiuti formano la ricchezza dei poveretti della spiaggia. Ecco, per esempio, il signor Milio, proprio il signor Milio in persona, antico proprietario di un piccolo cantiere, percorrere il lido quanto è lungo, dallo sbocco del fiume al molo, con un suo misterioso sacchetto, bianco come la fodera di un guanciale: e come un guanciale la foderetta si gonfia, ma di bitorzoli duri che sembrano davvero batuffoli di lana schiacciata. Ognuno di questi bitorzoli neri è costato un ripiegamento della schiena del signor Milio, che oramai d'altronde è abituato ai ripiegamenti di ogni sorta: anzi l'aria freschina del mare, ritornato buono, giova all'antico armatore: il suo viso rosso congestionato si scolorisce un poco, le gambe, da prima incerte come quelle di un bambino che comincia a camminare, si rinforzano sempre più: gli occhi, oh, gli occhi, all'ombra del vecchio panama che sembra ritagliato dalla scorza scabra di un merluzzo salato, rivaleggiano, per l'azzurro e lo scintillio dorato, col colore del mare.

Ritornano amici, il mare e il signor Milio; ed egli si sente felice: la sbornia della sera prima è completamente smaltita, e l'uomo si promette con fermezza di non bere più, di riprendere a lavorare sul serio, e a poco a poco ricostruire la sua fortuna di un tempo. Per adesso continua a raccogliere, fra le alghe, fra i granchi morti, fra gli ossi di seppia e i barattoli arrugginiti, solo i suoi pezzetti di legno nero, che sono schegge di navi e barche naufragate, fossilizzati dal sale, ottimi per alimentare il fuoco nei giorni bianchi e gelati che a inesorabili passi si avanzano.

In attesa di questi giorni, anche la vecchia col naso rosicchiato da un male del quale non si osa neppure pronunziare il nome, tuttavia dicono che essa ha quasi cento anni e non vuole entrare nell'ospizio dei vecchi, fa la provvista per il fuoco, raccogliendo gli sterpi dell'arenile, tenendosi però a rispettosa distanza dal bel Luigino, già decorativo cameriere di alberghi estivi, che adesso si diverte, dice lui, ad estirpare i cardi selvatici, argentei e duri come minerale, dalle cui radici si estrae uno squisito liquore per marmellate.

Ma le vere ricchezze, i doni viventi del mare, se li prendono i pescatori a vela e con la sciabica: questi ultimi sono venuti anche di lontano, con la loro barca biblica, rossa, nera e azzurra, vigilata dalla Vergine Santa: e sono dodici, come gli Apostoli, tutti rossicci, chi calvo, chi ricciuto, con occhi chiari, glauchi, che a lungo andare hanno preso la trasparenza liquida di quelli di certi pesci. Anche la loro pelle, aspra di salsedine, ha il colore delle triglie: e tutto intorno a loro sa di frutta e di erbe di mare.

O era il profumo dei giunchi e delle gramigne che riprendevano un possesso quasi primaverile fino all'estremo limite della terra. Le dune ne erano già tutte ricoperte, e certi piccoli banchi di sabbia, rivestiti del loro tappeto, sembravano sedili da salotto.

Una infinità di germogli di cocomeri e meloni, - ricordo di fresche scorpacciate estive, - verdeggiava inoltre fin sotto la schiuma tenera delle onde: e un cespuglio di radicchio vi fioriva in mezzo, tranquillo come in un prato, coi suoi fiorellini che davano l'illusione delle viole. E quante vespe, dorate e cattive come donne tradite! Perseguitavano, e questo è naturale, il bel Luigino, tentando di succhiare almeno la sua zappa; ma che cosa volessero dagli sterpi della vecchia, e sopratutto dal sacchetto del signor Milio, precisamente non si sapeva.

Egli le lasciava fare, perché a scacciarle è peggio; anzi era contento anche del loro ronzio, che annunziava la durata del tempo bello. E finché c'è il sole all'orizzonte è come esista ancora sulla terra una persona il cui affetto ci riscaldi il cuore. Egli invece era solo, sulla terra, in uno stambugio salvatosi a stento dal naufragio del cantiere come quelle schegge che egli raccoglieva religiosamente. Lo stambugio, una stuoia, una coperta, un fornello di pietra, una bottiglietta d'olio e un'altra sempre piena e sempre vuota di vino piuttosto che di acqua: ed egli pensava a questa sua casa come a una reggia.

Sì, il tenero sole di autunno fa bene al cuore. Ed anche i pescatori, nel tirare le corde della lunga rete che pareva venisse dall'altra riva del mare, si sentivano tutti caldi di bontà, di allegria, di appetito. È vero che nella mattinata avevano preso e subito spedito al mercato un bel quintale di pesce quasi tutto grosso e fino: adesso toccava a loro, e già ciascuno di essi faceva conto di succhiarsi uno sgombro e una fetta di razza, oltre il pane inzuppato nel brodetto. Uno dei più anziani, quello coi riccioli rosso-argento intorno alla nuca e i pantaloni con cento e una toppa di tinte diverse, aveva già fatto concorrenza alla vecchia dal naso rosicchiato, radunando un mucchio di sterpi in una buca della sabbia; e su due pietre appoggiò un recipiente che poteva essere una padella o un catino, a volontà: ci versò l'olio e attaccò fuoco. E il grande tulipano delle fiamme avvolse il recipiente, e parve guardarvi dentro come desideroso di travolgere nella sua gioia di vita l'olio che rispondeva friggendo: ma le manciate di cipolla tritata e poi la conserva rossa come sangue denso, che il cuoco versò senza risparmio nel soffritto, calmarono l'invito del fuoco. Sulle ginocchia piegate egli sorvegliava la sua opera, e intanto affettava un grosso pane quadrato, che pareva di pietra pomice e invece si apriva morbido e si sfogliava come un libro. Il coltello a serramanico, aiutato da uno stecco, serviva per rimescolare il sugo, il cui profumo attirava le vespe, subito però respinte dall'alito fumante del fuoco. Allora esse tentarono di assalire un disco di polenta fredda, posato come una torta su una carta pulita; ma l'uomo lo tirò accanto al fuoco, e con un filo più tagliente del coltello cominciò ad affettarlo.

Si accorgeva però che i compagni, già tirata la rete, mentre la scuotevano e la restringevano per i lembi, formando una specie di sacco in fondo al quale si ammucchiava il pesce, stavano insolitamente zitti e preoccupati. Pareva avessero pescato qualche cosa di triste, anzi di funebre: quasi un annegato. E in realtà non avevano pescato niente: niente in proporzione della vastità del loro stomaco vuoto. Infatti, sbattuti sulla sabbia, guizzarono molti granchi e pochi pesciolini che invero avevano l'argento vivo addosso; e, come capi della meschina famiglia, solo due sgombri di platino verdastro, che il pescatore più vecchio, quello mezzo nudo fasciato di cuoio come un guerriero barbaro, sgozzò subito con l'unghia del pollice, quasi per vendicarsi della miserabile pesca; mentre i granchi se la svignavano intorno simili a piccoli rospi grigi.

Il signor Milio, il bel Luigi coi capelli lucenti di un avanzo di brillantina, e più in là la vecchia degli sterpi, s'erano fermati a guardare la pesca irrisoria; e i due primi si permisero di scherzare.

- Un pesciolino per uno non fa male a nessuno.

Ma il pescatore che aveva sgozzato gli sgombri alzò il dito insanguinato e disse:

- Se volete ce n'è anche per voi.

L'ex-cameriere, abituato ai pranzi dei signori, fece una smorfia: la vecchia si scostò ancora di più, perché sapeva di non dover accettare: il signor Milio, invece, accolse evangelicamente l'invito; poiché tutto quello che Dio manda è buono. Per rendersi utile si offrì di andare a prendere l'acqua alla fontana, ma uno dei pescatori rispose:

- A noi piace l'acqua rossa.

E bastò questo perché l'allegria tornasse in tutti, mentre il vecchio sollevava, fingendo un grande sforzo, il lieve cestino dei pesci, e un altro tirava su dalla barca tre fiaschi dell'acqua rossa che a loro piaceva e piaceva anche al signor Milio.

Il pane, la polenta, il sugo erano abbondanti: furono lanciati bocconcini anche alle vespe, che si attardarono fino al tramonto nel posto ove rimanevano le orme dei pescatori e il profumo del loro brodetto e della loro bontà.

CINQUANTA CENTESIMI

In una bellissima novella di Gorki, c'è un vagabondo affamato, che nelle nuvole leggere e vaporose sull'orizzonte della steppa, vede vassoi fumanti e colmi di squisite vivande; ma quando nel suo delirio stende la mano per toccarli, quelli dileguano crudelmente, divorati dallo spazio. «Non toccare» «non toccare» «non toccare» era almeno scritto sui cartellini applicati come farfalle alle favolose piramidi di pere e di mele, ai graziosi pergolati d'uva perlata, alle coppe di melagrane e di cotogne, ed anche ai sacchetti di fichi secchi che parevano pasticcini, della mostra di frutticoltura: altrimenti Giulio, Marino e Gregorio, i tre inseparabili amici e compagni di scuola - prima tecnica - si sarebbero lasciati cogliere anch'essi da un delirio simile a quello del vagabondo.

- E se io dovessi toccare, che mai accadrebbe? - domandò Giulio, allungando la grossa mano traboccante dalla manica corta della giacca stremenzita.

- Ti mettono in gattabuia - rispondono i compagni a una voce, certi di canzonarlo. Poiché tutto era per loro canzonatura, derisione, anche cattiveria: quella cattiveria particolare in quel periodo dell'adolescenza chiamato l'età ingrata, che in fondo, con tutti i suoi turbini e i suoi splendori, è l'età più felice dell'uomo. Anche le meravigliose frutte esposte con sapienza sui banchi e sulle mensole erano giudicate da loro, per la forma o per il colore o per la posizione, con espressioni beffarde e piccanti: e tutto era buono per provocare risate e commenti salaci.

Non replicò, Giulio, alla minaccia della gattabuia; ma sapeva che poteva vendicarsi, e aspettò il momento con un sincero palpito di gioia.

- E adesso, carissimi amici, vi farò vedere come si può toccare questa roba, senza disturbare la benemerita arma, con le relative manette.

Erano arrivati in fondo alla lunga sala dove, come l'altare in una chiesa, s'innalzava una mensa con trofei di frutta ed anche di fiori ornamentali. In mezzo, su una coppa di cristallo, era deposta una pera gigantesca, di un colore quasi incandescente: e sulla parete un quadro di natura morta a tinte vivaci pareva uno specchio che riflettesse tanto ben di Dio. La folla vi si addensava intorno, con adorazione estetica, ma anche golosa, che si sarebbe volta in martirio se subito dopo l'altare, all'angolo della sala, sopra un banco ricoperto di sacchetti e barattoli, incoronato da un festone di grappoli d'uva, nel cui arco dominava una bella ragazza che pareva una di quelle figure allegoriche dei pittori coloristi, - pomi le guancie, ciliegie le labbra tinte, crespa e arancione la zazzera, come certe zucche esotiche lì accanto, - non si fosse notato un cartellino ristoratore: *Vendita al pubblico.*

E fu qui che Giulio consumò la sua vendetta. Aveva una lira in tasca; la palpava, con le dita nervose e ossute di figlio d'operai, la scaldava, pareva volesse fonderla un'altra volta. I suoi occhi rapaci correvano da un sacchetto all'altro: scartavano quelli su cui c'era segnato un prezzo superiore alle sue possibilità, e infine si fissarono su certi sacchetti di carta rossa che davano l'idea di lampadine giapponesi. Non la sola ristrettezza del loro costo attirava però la sua attenzione: l'attiravano sopratutto il colore e la forma dei frutti che i sacchetti contenevano; e tutto un mondo lontano, ma radicato nella sua carne con l'indistruttibile nervatura della razza, si chiudeva per lui nel sacchetto. Ecco il cortile del nonno, prima che il padre di Giulio emigrasse e facesse anche una certa fortuna in città: il cortile è ingombro di laterizi, perché anche il nonno è capomastro: ma in mezzo sorge un albero bellissimo, con le foglie di un verde come ritagliato in una seta tinta col vetriolo: e tra una foglia e l'altra innumerevoli frutti piccoli e scarlatti, che sembrano duri e invece a mangiarli sono dolci e teneri, d'una tenerezza un po' resistente che si prolunga, si fa succhiare, si concede a poco a poco per meglio farsi godere.

È l'albero delle giuggiole.

Quando il sacchetto fu suo, egli dunque si godette piena anche la sua vendetta: cominciò a palparlo, ad accostarselo al viso, ad accostarlo al viso allungato dei compagni. Domandò:

- Dove sono i carabinieri?

Un po' avviliti, gli altri si palpavano a loro volta le saccoccie, scambiandosi sguardi d'intesa: ma in tutti e due non possedevano che dieci soldi. Con questi dieci soldi si poteva, è vero, comprare un grappolo d'uva; l'uva, però, non li tentava, eppoi, non essendone indicato il prezzo, avevano timore di fare la figura della volpe sotto la pergola.

Andarono dunque dietro al compagno, che aveva almeno la delicatezza di non aprire ancora il sacchettino, e usciti fuori dalla sala ripresero animo, rallegràti anche dal sole che riscaldava le panchine dello spiazzo e dalla bellezza di tutto. Passavano frotte grigie di collegiali, guidate da lunghi preti melanconici; passavano rubicondi pensionati, che, dopo aver assaggiato il vino del chiosco accanto, sorridevano ancora alla vita e alle belle ragazze coi baschi birichini messi alla sghimbescia sulle testoline matte: l'erba dei prati luccicava come verniciata, e il cielo sembrava uno studio di scultore, con blocchi di nuvole marmoree abbozzate genialmente: ma sopratutto bella era la fontana, coi suoi portentosi fili di diamanti, ora alti ora bassi, che la vasca di alabastro si divertiva a mandar su e a ringoiarsi con un piacevolissimo gioco di prestigio.

I tre si misero a sedere su una panchina accanto al chiosco e ricominciarono a scherzare. Giulio fu generoso, ma non troppo, offrendo agli amici due giuggiole per uno. Marino, che era buono e dolciastro come il frutto che masticava, ringraziò abbastanza cortese, mentre Gregorio sputò con disprezzo la seconda giuggiola dicendo che era amara come un'oliva.

Fu in quel momento che una grossa signora con una ricca pelliccia di lontra, all'antica, e con una mazza d'uomo alla quale si appoggiava zoppicando, si avvicinò alla panchina, con l'evidente desiderio di riposarsi. E fu Marino a ritrarsi garbatamente, per farle posto, addossandosi a Gregorio, che lo accolse con una gomitata. La signora ansava lievemente, ma pareva tutta beata di aver trovato finalmente da sedersi e di vedere davanti a sé, nella luminosa fantasmagoria dello sfondo, il miracolo della fontana: la maschera cascante e pelosa del suo viso s'illuminava a tanto riflesso; e di sopra gli occhiali a stanghetta pareva sollevarsi come un arco azzurro: era lo sguardo dei suoi occhi buoni e beati.

I ragazzi non badavano a lei, che a sua volta non pareva curarsi di loro. Avevano cominciato a urtarsi sul serio e si scambiavano parole cattive.

- Le mie giuggiole sono amare? E allora sùcchiati quelle dei quattrini che ti dà tuo padre. Oppure sputa anche queste - dice Giulio, porgendone altre due a Gregorio, ma mentre questo sta per prenderle e buttarle via con sdegno, l'altro le ritira e per maggior dispetto le offre a Marino.

Marino le accettò, sebbene anche lui irritato e umiliato; se le cacciò in tasca e tirò fuori una monetina da quattro soldi che fece vedere a Gregorio.

- Tu, Gregorio, quanto hai?

- Un milione.

- Sì, quello del signor Bonaventura. No, davvero, Gregorio, dimmi proprio, quanto hai?

- Mannaggia, lo vuoi sapere? Poiché mio padre è un povero archivista e non un mangiacalce arricchito, io possiedo solo trenta centesimi.

- È già qualche cosa più di me - commentò Marino: e parvero diventare serî, ma anche feroci, poiché quello delle giuggiole li umiliava di nuovo brontolando:

- Micragna, micragna.

Gregorio balzò in piedi, coi pugni stretti; Marino intervenne, pacificandoli.

- Senti, poiché non abbiamo la lira per comprare il sacchetto dei fichi secchi (continuavano a disprezzare le giuggiole) andiamo a bere una limonata in due.

- Fa legare i denti al solo pensarci: e già me li sento di coccodrillo, i denti - disse Gregorio; e poiché il sole era scomparso dietro i blocchi di marmo, e la fontana, che sembrava di stalattiti, mandava un soffio di freddo, egli finse di rabbrividire, o rabbrividì davvero, nel suo vestito ancora estivo di ragazzo povero.

Fu allora che alla grossa signora, la quale da un pezzo frugava nella sua borsa, cadde per terra una monetina da cinquanta centesimi. Marino fu pronto a raccoglierla e a offrirla alla padrona. Ella disse, con accento distratto e sommesso:

- Puoi tenertela, se vuoi, carino.

Ed egli, senza tanti complimenti, se la tenne: anzi fece un lieto cenno a Gregorio, e Gregorio una smorfia a Giulio; poi i due paria corsero d'accordo a comprare il sacchetto, proprio di giuggiole, non di fichi secchi, essendo questa la migliore rivincita. Quando tornarono, la grossa signora era sparita; ed essi cominciarono a sbeffeggiarla.

- Accidenti, per generosa è stata generosa, la vecchia balena.

Questa è la riconoscenza umana.

LO SPIRITO DELLA MADRE

Perché le inalazioni salso-iodiche a secco riescano più efficaci, durante la loro azione è bene chiacchierare, anzi possibilmente cantare, e meglio ancora, con perfetta licenza del vicino di cura, sbadigliare senza riguardi. E sbadigliava, pur con molto riguardo e mettendosi il dorso della mano sulla bocca, la giovane sposa Lula: sbadigli involontari e nervosi erano però i suoi, provocati dal torbido malessere fisico e morale che la riempiva, fin dentro l'anima, di una nebbia più acre ancora di quella delle esalazioni dell'iodio .

Tossiva, nello stesso tempo, e questo giovava alla sua gola corrosa dal lungo pianto e, più che dal pianto, dalle lagrime rientrate e ingoiate in silenzio, per la morte della sua mamma.

La mamma era morta di una malattia di cuore, della quale soffriva da anni: ma Lula credeva di averla uccisa lei, scappando di casa col figlio del padrone, che mai e poi mai l'avrebbe sposata. Per otto giorni i due ragazzi, lei quindici, lui diciassette anni, avevano trovato da nascondersi in modo che neppure la polizia, sguinzagliata sulle loro orme, era riuscita a pescarli: in quegli otto giorni la madre di Lula era morta e il padrone aveva lanciato una specie di bando, con ordine ai due colombi di tornare a casa per sposarsi.

E tornati essi a casa, aveva perentoriamente ingiunto a Lula di non spargere neppure una lagrima; anzitutto perché a lui non garbava la gente triste, e poi perché i morti anch'essi non vogliono che si pianga per loro, onde il dolore dei vivi non li disturbi nella loro eterna pace.

- Sì, mamma, - gemeva fra sé Lula, agucchiando veloce un suo piccolo lavoro di lana, mentre il vapore che si addensava intorno, il rombo del motore e la luce crepuscolare che svaniva dai vetri appannati, le davano l'angosciosa impressione di un imminente uragano, - tu pure lo dicevi: appena morti, si rientra nella gloria di Dio: non bisogna quindi lamentarsi, perché la pena dei vivi richiama al mondo le anime beate, che ne soffrono, e così non possono confortare i loro cari, come quando sono lasciate da essi in pace. Eppure, mamma, eppure...

Eppure essa non poteva non soffrire, specialmente in quei giorni di lontananza dalla sua grande casa patriarcale, in questa dimora estranea, sebbene bella e lieta, fra gente di una razza ben diversa dalla sua; e alla solita preoccupazione si era aggiunto il senso d'inquietudine e quasi di terrore della sua incipiente maternità.

Intanto la sala si pienava di gente. Chi erano? Fantasmi. L'uscio a bussola girava silenzioso come una ruota fantastica, e di volta in volta ne sbucava una figura che, nella nebbia ancora diafana dell'inalazione, cercava cautamente un posto dove sedersi. Il tavolino centrale, coi suoi mazzi di carte e le scatole dei dadi, era già tutto occupato da persone il colore delle quali a poco a poco si spegneva in una nota grigia vaporosa. E adesso, poiché non ci si vedeva più, ai commenti ed alle esclamazioni dei giocatori di dadi succedeva un silenzio quasi imbarazzato: a scuoterlo si alzò d'un tratto una voce di tenore, in sordina. Era Rodolfo, che da una lontananza iperborea, dalla fredda altezza di una soffitta, vedeva il fumo dei comignoli di Parigi, infiammato dal riflesso della sua poesia: a un certo punto, però, irritata dal pizzicorino dell'inalazione, la voce si fece rauca, si spense in uno strido d'alcione ferito. Tutti applaudirono e risero: ma bastò questo perché Lula sollevasse fino agli occhi la cuffietta di lana infilzata nei ferri; e le sue lagrime vi caddero dentro come le goccie della nebbia notturna in un nido ancora vuoto.

Poi una voce di donna fece una proposta, che a dire il vero non stonava in quell'ambiente nebuloso.

- Si fa il tavolino ?

Accettato, con unanime allegro entusiasmo. Stridettero le sedie smosse: riprese la voce:

- C'è un medium, fra di voi ?

- Io, signorina -. Era la voce calda e commossa di Rodolfo: alla quale si rispose con ceSrti sogghigni cagneschi: ad ogni modo fu accettata l'offerta, e il silenzio che ne seguì fu appena violato da lievi trilli di riso, quando un'altra voce disse:

- Mi raccomando la mano di Mimì.

Lula si era sollevata dalla sua pena, e con curiosità infantile aguzzava gli occhi per distinguere qualche cosa. Capiva che si giocava "agli spiriti" ed era contenta di questa novità. Non ci credeva, lei, no, che gli spiriti dei morti possono ritornare nel mondo per semplice divertimento di gente sfaccendata: eppure un certo brivido le tremò fra scapula e scapula, quando Rodolfo, con voce sommessa e convinta, annunziò:

- Si chiama Napoleone.

Non c'era da scherzare: ma Napoleone, evidentemente stanco di essere chiamato da tutti gli spiritisti del mondo, non risponde: risponde invece Cagliostro, che nonostante il lungo suo martirio di sepolto e murato vivo nella buca della rocca di San Leo, dice di essere nell'inferno. Non è però questa notizia che impressiona gli astanti: è un'avvertenza benevola, che arriva fino a Lula e la fa ripiombare nella sua pena.

Dice il dannato: - Appena andato via io, chiudete il passaggio, poiché può venire un demonio e farvi del male.

Ma il demonio era già forse penetrato nella sala e vagava nella nebbia ormai fittissima, perché d'un tratto Lula si sentì come sollevata da una mano formidabile che la tirò su, in piedi, rigida e folle. Con una voce strana, che neppur lei riconosceva per sua, supplicò:

- Chiamate la mia mamma.

Si rimise a sedere, chiuse gli occhi e piegò la testa, nascondendola col braccio, come fanno con l'ala gli uccelli quando stanno per addormentarsi. Una pietosa signora domandò:

- Come si chiamava, la sua mamma?

Ma ella, già pentita e vergognosa, non osò più aprir bocca.

E il gioco proseguì egualmente, cullato dal rullìo del motore, che piano piano si affievoliva.

Lula teneva sempre la testa piegata sul petto, e sentiva il suo cuore pulsare più forte della macchina: le pareva, il suo cuore, un grappolo d'uva nera, che una mano schiacciasse facendone gocciare sangue. Eppure quest'impressione le dava un senso arioso, di respiro, come se quello fosse il cattivo sangue del suo dolore e la liberasse finalmente dal suo male. E le sembrava di veder la vigna del suo podere, tutta pesante di uva già matura; e che una voce la chiamasse per vendemmiare.

- La mamma! La mamma !

Questa volta il brivido era profondo; le saliva dalle viscere, le percorreva ogni vena, la chiudeva in una rete incandescente. E d'un tratto ella sentì di nuovo la voce della madre, ma dentro di sé, e le parve che lo spirito evocato fosse venuto a raggiungerla, per non lasciarla mai più.

Riaprì gli occhi. Il motore s'era fermato, la nebbia si dileguava: già si rivedevano, intorno al tavolo, note di colore: rossi, verdi, lilla; e la perla di un orecchino pareva una stella fra le nubi.

Ella non seppe mai spiegarsene il perché, neppure quando qualcuno le disse che forse davvero lo spirito della madre era in quel momento penetrato in lei per animare la sua creatura; ma sentì una gioia indicibile sollevarla tutta. Pensò che fra pochi giorni sarebbe tornata a casa, guarita; e tutto le apparve bello e luminoso. Tutto: l'altissimo pioppo che, come una sentinella corazzata d'acciaio, vigila giorno e notte la bianca fattoria; le galline che più svelte delle scimmie saltano sul gelso per passarvi la notte, il puledrino baio che introduce la testa sotto il braccio del padrone, per essere accarezzato, mentre il cane geloso gli sbatte la coda dura sulla zampa, il fazzoletto rosa svolazzante al collo del marito, il sole che tramonta sul fienile come sopra la cupola di una chiesa.

LUNA DI SETTEMBRE

Era melanconico, quella sera, il vecchio poeta. Vecchio? Lo diceva lui, per un'estrema civetteria maschile, o meglio per l'abitudine di dare una lieve patina di pessimismo alle cose troppo chiare, e spesso belle, della realtà: ma i suoi folti capelli avevano ancora un'increspatura giovanile, che nascondeva il bianco sotto il nero, e che il riflesso della luna, già alta sulla veranda della villa, dov'egli si abbandonava ai suoi pensieri, accendeva della stessa argentea tremula chiarità del mare.

È vecchio, anche il mare, eppure non è mai apparso, fra gl'intercolunni dei pioppi del giardino, più translucido di poesia, di pace, d'illusione. Immobile, frugato solo dai raggi della luna, dà l'idea di un ghiacciaio azzurro sul quale si possa trasvolare, in un'atmosfera di freschezza e di allucinazione.

Un senso di allucinazione lo prova anche il poeta: la sua stessa tristezza ha un fondo di sogno. E non lo è stata, e non lo è ancora, tutto un sogno, la sua vita? Per quanto ricordi, egli ha sempre sofferto e sempre goduto: come il mare, tempeste che sembravano implacabili, e calme simili a quella di questa notte d'incanto, hanno smosso e fermato i suoi giorni. Un tempo egli aveva adottato per suo motto la celebre strofa biblica: *povero son io ed in affanni fin dalla mia prima età; cresciuto poi fui umiliato e depresso*; e invece ricorda che i più alti onori gli furono concessi, che fu amato e lodato da milioni d'uomini; e l'oro colò fra le sue dita come l'acqua e la polvere nella clessidra del tempo. Anche adesso la sua giornata passa in quiete salutare, spesso in letizia: perché dunque, questa sera, la melanconia lo riveste coi raggi della luna? La luna, dicono nei paesi del nord, è il sole dei giovani: ecco perché adesso egli sente la fredda lontananza del pianeta, il cui viso lo sbeffeggia col sogghigno di un cattivo fantasma. Da questo mistero di lontananza, che d'altronde lo distaccava anche dalle cose più vicine, e lo isolava come uno a cui nessuno più possa accostarsi, arrivano tuttavia voci, suoni, vibrazioni, segni di vita intensa e commossa. Il gemito di passione di un violino sgorgava dalla radio di una villa accanto, e dal lido arrivavano, come stridi appassionati di gabbiani, le risate delle giovani coppie in amore. *Povero son io ed in affanni fin dalla mia prima età...*

Ecco che i desolati versetti della sua prima giovinezza gli affioravano alla memoria, con un rigurgito acre: sì, tutto si era sciolto fra le sue dita: il tempo, l'oro, la speranza, la fede: in mezzo alla ricchezza del suo giardino, della sua casa, della notte di meraviglie, egli si sentiva al punto di partenza della sua vita: povero fra i più poveri, umiliato e depresso dalla gioia e dall'indifferenza dei suoi simili.

Volle scuotersi: si alzò, alto e come marmoreo nel suo vestito della chiara estate; guardò dentro la sala che dava sulla veranda: la luce vi era spenta, ma s'intravedeva egualmente un lieve splendore di cristalli, di mattoni lucidi, di vasellame e di metalli: in una bottiglia di liquore verde, sul marmo di una mensola, una scintilla di smeraldo ammiccava come l'occhio di una civetta.

Bere! Tante volte, nelle sue solitudini notturne, egli era stato tentato da quell'occhio dolce e diabolico: resisteva, e ne era compensato dal limpido sonno che segue alle astinenze volontarie, e sopratutto dal fresco riso dell'alba che lo richiamava al lavoro e alla vita della nuova giornata.

Ma quella notte la tentazione era più forte del solito: ed egli fece un passo per rientrare nella sala; lo fermò un lieve scricchiolìo della ghiaia del vialetto sotto la veranda. Il vialetto finiva nel cancello che si apriva sull'arenile; e nel volgersi, egli vide il cancello aperto e un'ombra che vi si era introdotta e che con lentezza sicura e familiare si avanzava verso gli scalini della veranda.

Era una figura esile e piccola, vestita di turchino chiaro, coi pantaloni lunghi e larghi: i capelli di rame brillavano alla luna. Sulle prime egli la credette quella di una donna, in pigiama da spiaggia, come se ne vedevano in quei mattini ancora caldi di settembre: ma a misura ch'ella si avvicinava egli ne distingueva il viso brunito, gli occhi piccoli, fissi, e due baffetti neri che lasciando completamente scoperto il labbro superiore, davano l'impressione che fossero finti, agganciati per scherzo alle narici.

Furono questi baffetti che indispettirono il poeta: sapeva bene che erano di moda, come di moda, ai suoi tempi, erano i virili baffoni di alcuni suoi compagni d'arte: ma appunto il paragone lo irritò maggiormente. Pur nel sentire che lo sconosciuto importuno era innocuo come un sonnambulo, si abbandonò a immaginarselo pericoloso, anzi spinto da intenzioni criminose: quindi gli si rivolse ostile, chiedendogli con voce grossa:

- Chi è lei? Che cosa vuole?

Il fantasma era arrivato fin sotto la veranda, e si apprestava a salirne gli scalini: la voce del poeta lo fermò, fra spaventato e stupito: poi il suo ginocchio destro si piegò; tutta la sua persona parve volesse genuflettersi davanti alla grande figura bianca illuminata in pieno dalla luna, come davanti alla statua di un santo sull'altare: la voce sempre più sdegnata del santo fermò anche il rispettoso ginocchio.

- Le proibisco di inoltrarsi. Che cosa vuole ?

- Scusi, per cortesia...

- Che cosa vuole? - ripeté tonante l'idolo disturbato, mentre la testa riccioluta di una donna si affacciava a una finestra della villa.

Lo sciagurato visitatore ebbe forse paura: forse vide tutta la servitù minacciosa del poeta che gli si precipitava addosso per cacciarlo via a suon di pugni: ma si sollevò subito, ripescando dal profondo dell'anima mortalmente offesa tutto il suo coraggio. Gridò anche lui, e la sua voce risonò davvero come quella di un sonnambulo crudelmente risvegliato: il suo viso fu tutto un sogghigno.

- Maestro, sì, sono un ladro, sì, sono un malfattore. Qualche cosa volevo rubarle, sì. Passavo, come tante altre volte, davanti al suo cancello: il cancello era aperto...

Già in fondo placato, l'altro ribollì ancora di sdegno, sia nel sentirsi chiamare ironicamente "Maestro", sia nel raccogliere dalle ultime parole del giovine una piccola bugia.

- Il cancello era fermato con la maniglia, - disse, spingendo il braccio col pugno chiuso, - e fosse stato anche aperto, lei doveva suonare, prima di entrarci.

- Signore, lei mi offende...

- Tanto meglio: le sarà di lezione. E adesso mi faccia il favore di andarsene.

Ma l'intruso non la intendeva così: un furore ben più scottante e profondo di quello del poeta lo sollevava tutto: quasi per una forza di difesa contro un nemico mortale, balzò sulla scalinata, fu quasi petto a petto con l'idolo, parve volesse attaccarlo e infrangerlo; ma alle voci era precipitata giù la cameriera, e fu la vista della elegante fanciulla nero-bianca trinata che ricompose immediatamente il maleducato visitatore. Senza affrettarsi, egli ridiscese retrocedendo gli scalini, fece un segno di saluto, e andò via: la cameriera lo raggiunse, e mentre ella apriva e poi chiudeva a chiave il cancello, il padrone si accorse che il giovine, nell'uscire, le diceva qualche cosa.

- Sa che cosa mi ha detto? - ella esclamò, sollevando con un bel gesto teatrale il lembo diafano del grembialino. - Che voleva solo farle omaggio, e che un giorno anche lui sarà un grande uomo.

- Tanto meglio per lui - brontolò il padrone; e sarebbe ricaduto in una più profonda melanconia senza il pensiero che forse la lezione di quella notte avrebbe giovato alla futura grandezza del giovane sognatore.

UNA CREATURA PIANGE

Da molto tempo non andavo in chiesa: e quella volta vi andai per una ragione apparentemente pratica. Mio figlio prendeva parte ad un concorso importantissimo, dall'esito del quale dipendeva il suo avvenire economico e sociale. Più che sicuro di sé, rifiutava sdegnosamente ogni raccomandazione: ma una piccola, diretta raccomandazione alla Madre di Dio non costa neppure la spesa del francobollo, non corre pericolo di gentili rifiuti o di vane promesse.

Vado dunque in chiesa. Scelgo una chiesetta che un tempo frequentavo, in un sobborgo della città: è vecchia, povera, ma con avanzi di mosaici e di vetri istoriati: dai finestroni aperti si vedono due pini, avanzi anch'essi di un antico parco; si sente l'ultimo garrire delle rondini; e le cantilene dei bambini che giocano e danzano nelle strade accompagnano il mormorio delle preghiere. La sera è calda, rossa, odorosa di polvere, ma sa anche di un lontano profumo campestre: sembrerebbe anzi di essere in un villaggio, per la genterella che affolla la chiesetta, se subito dietro i pini non si intravedessero le facciate di quelle bianche costruzioni popolari, a molti piani, con le finestre e le terrazze festonate di stracci, che solo a guardarle stringono il cuore ai vecchi poeti e alle ricche donne sentimentali.

Dentro la chiesetta, però, nella rosea penombra dei ceri e del tramonto, si stava bene. Si ha un bel dire: ma la casa di Dio è sempre la miglior casa dell'anima nostra ancora bambina: ci si rifugia e ci si riposa, sicuri della protezione di un padre al quale nulla sfugge dei nostri più intimi desiderî.

Di queste cose parlava, sporgendosi dal piccolo balcone merlettato dell'antico pulpito, il giovane frate bruno e calvo, quando nel silenzio intenso che accompagnava il suo sermone vibrò, prima lieve e sottile, un lamento che pareva quello di un bambino malato o abbandonato. Veniva da una delle case più vicine, usciva libero da una finestra aperta e pioveva giù dal finestrone a sinistra della chiesa: pioveva, sì, con una forza naturale, come un filo d'acqua, un raggio melanconico di luna.

Credetti di essere io sola a sentirlo, ma subito, accanto a me, nella folla delle donne, tutte con la testa coperta di poveri fazzoletti, ne distinsi una, ancora giovane, con un velo di merletto nero messo alla spagnola sui capelli chiari, che porgeva un'attenzione quasi angosciosa al lamento infantile, mentre questo si faceva sempre più alto, supplichevole e insistente.

Tutte incantate ad ascoltare la bella voce profonda e grave del predicatore, le altre donne non sentivano altro: fu piuttosto un sospiro della signora dal velo nero che fece volgere la testa ad una vecchia accanto a noi, e spalancare come al segno di un pericolo i suoi occhi verdicci stralunati. Nell'accorgersi che noi si fissava il vuoto del finestrone, anche lei sollevò il viso, allargandosi sulle orecchie il fazzoletto: e si raggrinzì tutta, di pietà e di sdegno, mentre la creatura che emetteva il lamento, quasi accorgendosi della nuova attenzione, lo raddoppiava, facendolo scoppiare in un pianto sconsolato, sibilante di richiami urgenti e disperati. Parevano gridi di un infelice, tormentato sveglio dai ferri di un chirurgo: e la vecchia disse a voce alta: - Ma è un bambino! Povera creatura, che le fanno?

D'un colpo tutte le donne intorno volsero la testa verso il finestrone: visi arcigni di zitellone disturbate nell'estasi, visi di vecchie buone nonne, e di madri sofferenti e amorose, occhi pieni di ansia, di curiosità, di pietà, di ostilità, tutti furono rivolti verso il punto dal quale l'innocente domandava soccorso. Soccorso, soccorso! Come uno che, abbandonato, rinnegato dalle persone sue più care, anzi da esse condannato a una fine crudelissima, si rivolge, per aiuto, alla comunità degli uomini.

Allora la donna dal velo nero gemé; le rispose il gemito di altre donne; ma il suo era diverso dal loro, e ben lo capì la vecchia dagli occhi verdi. Lucciole nel buio parevano, questi occhi, quando ella domandò:

- Ne sa niente, lei, di questo pianto?

La presunta spagnola non risponde; anzi si alza sdegnosa, fa un profondo inchino verso l'altare; con la mano bianca e fina si sfiora il viso e il petto con un grande segno di croce, e fa per andarsene. Una curiosità morbosa si era diffusa però intorno a lei e le donne la guardavano come una indemoniata; la vecchia, poi, che aveva intorno alle iridi verdi la larga sclerotica bianca delle persone destinate alla pazzia, fece il gesto di afferrarla per le vesti: si rattenne, ma appena l'altra si avviò, anche lei balzò in piedi e la seguì cautamente.

Lì per lì le altre donne non osarono muoversi; anzi la maggior parte, già ricomposte, rispondevano con un dolce belare di caprette commosse alle preghiere che il frate, tornato davanti all'altare, intonava con la sua voce potente di basso. Voce che disperdeva intorno e via per lo spazio, non solo il pianto della creatura travagliata, ma tutte le miserie e tutti i dolori del mondo, e tutti li rimetteva a Chi li manda e li rivuole, a Chi affligge l'uomo per poi consolarlo.

Non tutti i cuori potevano capire quest'armonia divina, e forse neppure il mio era in quel momento capace di intenderla, poiché la mia curiosità umana si rivolgeva piuttosto alle donne inquiete che, appena uscite di chiesa le due principali protagoniste di questo dramma, se la svignavano anch'esse, furtive, con gli occhi bassi, ipocritamente sospirose.

Ed ecco che sono pur io nel loro numero; con la punta delle dita sfioro l'acqua benedetta, e nell'antica pila di marmo ingiallito dal tempo mi sembra di vedere il favoloso vaso nel cui fondo verdeggia l'immortale chimera della speranza. A dire il vero la speranza che il dramma del bambino martoriato andasse a finir bene mi galleggiava fin da principio in fondo al cuore: tuttavia seguii fuori le donne, che si dirigevano tutte verso la casa a sinistra della chiesetta, come fosse la loro legittima abitazione: tutte però si fermarono davanti al portoncino spalancato, mentre la vera padrona della casa, la signora dal velo nero, saliva lentamente le scale, lasciandosi pedinare dalla sua inquisitrice.

Il pianto misterioso, che usciva appunto da una finestra del primo piano, si affievoliva e si placava come il lamento di un bambino che si addormenta. Poi tacque.

Allora la donna che si era tolta dai capelli d'oro e d'argento il velo nero si affacciò alla finestra: e la risata che scoppiò giù tra la piccola folla dei curiosi parve quella dei ragazzi al teatro delle vicende comiche: poiché la signora teneva fra le braccia il suo bel cagnolino Toti che, dopo aver così a lungo e desolatamente pianto per l'abbandono di lei, adesso guaiva di gioia e le leccava con riconoscenza appassionata le mani.

IL VESTITO NUOVO

Per undici mesi e mezzo dell'anno la signora Lea risparmiava fino al centesimo, facendo anche qualche piccolo imbroglio sulle spese domestiche, per lasciarsi a sua volta rapinare, una volta tanto, dal sarto e dalla modista. Sarto di grande stile, modista elegantissima, celebre per le sue creazioni, che, secondo la sua espressione, *donavano* alle sue clienti. Uno solo era il vestito, uno il cappello; ma di quelli che veramente avrebbero donato leggiadria e giovinezza a qualsiasi donna, non alla povera signora Lea, già grigia e curva, sebbene non brutta, anzi con un colore di rosa appassita sul viso fine e dolce, e un pallore di gemme sbiadite per mancanza d'uso, negli occhi azzurri e nei denti fra le labbra stanche.

Per il viaggio, poiché, si capisce, si trattava di un viaggio, ella intanto indossò il vestito dell'anno scorso, anche per non far vedere il nuovo al marito, che con premura paziente e affettuosa l'accompagnò alla placida stazione delle ferrovie vicinali.

- Non hai dimenticato nulla, Lea?

- Nulla, nulla, caro.

Nulla aveva dimenticato, di quello che voleva portare con sé: e d'altronde il treno partiva subito, premuroso e nello stesso tempo tranquillo: treno fatto apposta per viaggiatori come la signora Lea, gente cioè equilibrata e calma, con figli grandi già ben sistemati, con la coscienza pura: gente la cui giornata è trascorsa sempre un po' grigia, con uno di quei cieli velati che fanno sperare e mai dànno il sole, ma il cui tramonto si presenta mite, con la promessa di un crepuscolo e di una notte infinitamente sereni.

Eppure, appena il piccolo treno s'è arrampicato sulla prima altura, e il vento d'occidente ha chiuso le sue ali fastidiose, la signora Lea che lo sa, che lo aspetta, sebbene trepidante come i fedeli che attendono il rinnovarsi di un miracolo, rivede il sole nel suo più indicibile splendore. È il sole al tramonto, già lievemente roseo, ma ancora con tutti i suoi raggi; e l'anfiteatro immenso delle valli, e le corone dei monti se ne illuminano con una gioia d'aurora. Il treno adesso sfiora appunto la costa di un poggio, soverchiato da altri ed altri poggi ancora, e la donna, che s'è alzata quasi senza accorgersene e drizzata sulle spalle, rivede dal finestrino, sotto i suoi occhi iridescenti, la fantasmagorìa dei versanti coltivati, con radure che sembrano tappeti orientali, e orti sanguinanti di pomidoro, e vigne e distese di grano dorato: ma sopra tutto la incanta la cresta delle chine verdognole ancora sparse di reliquie vulcaniche che l'orafo del tempo ha lavorato come filigrane d'argento.

Fantasmagorìe, sì; poiché alla svolta della strada tutto sparisce: sparisce il sole, l'orizzonte si fa quasi scuro, la valle si ritira e sprofonda dietro le siepi d'acacia della scarpata, e, d'improvviso, a sinistra, sopra la linea ferroviaria, si solleva un paesaggio più che infernale: uno di quei paesaggi che si vedono riprodotti in qualche giornale illustrato popolare, in mezzo all'articolo di un geologo da strapazzo, col titolo, per esempio: «Paesaggio del pianeta Sirio».

Nei panorami lunari e in quelli di Marte, c'è almeno la speranza di un colore equoreo, di una trasparenza di luce: qui tutto invece è morto, opaco e arido. Monti di sassi ferrigni chiudono il breve orizzonte, e da essi precipitano, come getti vulcanici, cascate di pietre scure, che giunte al basso si accumulano, formando colline, promontori, baluardi, e altissime dune in cima alle quali, in un'atmosfera fumosa, uomini neri si agitano come demoni.

Un tetro edifizio sorge in mezzo a questa bolgia: una specie di torre del tormento, un luogo misterioso di supplizio; una scala di ferro, mobile, sale e scende sui fianchi della torre, con un rumore di torrente; e un torrente vi precipita, infatti, accompagnato da nuvole di un fumo denso che altro non è che polvere di pietre stritolate: e pietre stritolate sono le onde del torrente, e tutto è pietra, intorno; anche gli uomini intenti a quest'opera diabolica, e i bovi, i carri, le macchine, tutto sembra balzato dalle viscere del monte, e che sia la forza di espulsione del monte, e non la volontà industre dell'uomo, a creare quel caos che però, a misura che il piccolo treno vi procede sotto scivolando quasi timido, si placa, si ricompone, si armonizza, quasi, prendendo, sul margine alto della strada, forme di piramidi compatte, alle quali il sole, d'un tratto ricomparso sull'orizzonte, dà luccicori di brage.

Sono i cumuli delle selci destinate alle grandi strade del traffico umano.

Col sole erano riapparsi i boschi di castagni, le valli, i monti che nelle linee degli altipiani turchini davano l'illusione del mare. La donna però guardava sempre a sinistra, come affascinata dal tragico incanto delle piramidi e dei bastioni di selci: finché ai suoi occhi velati, eppure splendenti di una gioia lagrimosa, non apparve una casetta rossa, triangolare, con tre alberelli davanti. Aveva anch'essa qualche cosa di cabalistico, la casetta a punta, con i tre alberi a punta, incisa sul grigio della roccia, sulla quale anzi, tranne la facciata, pareva si sprofondasse.

E alla volta di essa, appena scesa nell'attigua stazione, dove uno sgangherato autobus aspetta invano qualche viaggiatore, la signora si avvia, coi suoi due lievissimi fardelli, seguendo un sentiero in salita, a volte formato di scalini di pietra, a volte pianeggiante sul dorso erboso della china. Anima viva non la precede né la segue: solo l'accompagna la sua lunga ombra che sembra un uccello fantastico, con le ali grottesche dei due allegri fardelli. E di un uccello che ha perduto l'uso e la potenza del volo, ma ancora ne ricorda l'ansito e la voluttà, la signora Lea sente la leggerezza, o almeno la nostalgia: e il profumo delle acacie, i gridi dei fringuelli che salgono dalla valle, quello stesso odore di pietra che emana da ogni cosa, le pare esalino dal suo cuore, col suo respiro ansante di beatitudine.

Poiché ogni sasso, ogni ciuffo di erba, ogni ruga del luogo, e il luogo stesso, tutto è di nuovo suo, come trenta, come cinquanta anni prima. La casetta rossa è di nuovo sua; là è nata, là è morto suo padre, che è stato il primo a scavare le pietre dal monte; là vive ancora la sua vecchia mamma, per la quale ella è sempre la fanciulla di quindici anni che dall'orlo del muricciuolo fissa, al tramonto, i mucchi di selci e sogna di scendere con essi, dalla cima solitaria dei monti, alle grandi strade battute dal ritmo delle passioni umane.

Oltre il muricciuolo, prima di arrivare alla casetta, in una svolta ripida, ella un tempo aveva un punto di osservazione, sicuro e riparato anche nei giorni d'inverno. Era una buca, un tentativo di scavo non riuscito, a poco a poco trasformatosi in una specie di grotta: una frangia meravigliosa di ginestre fiorite ne inghirlandava l'apertura, e il sole ne verniciava l'interno col suo ultimo chiarore. Ella si fermò là: depose il suo bagaglio su una sporgenza di roccia, si volse a guardare. Laggiù, sotto la linea della strada ferrata, è il piccolo paese già tutto nero nella sua conca, con la chiesa arcigna, la piazza dove stazionano come cariatidi i vecchi che pare non debbano morire mai, la fontana che sembra un grande calamaio traboccante inchiostro sbiadito: un brivido di tristezza ancora le raffredda il sangue al pensiero di dover passare una sola giornata in quel luogo di lenta agonia; e per riconfortarsi solleva gli occhi e guarda di nuovo il sole. Il suo disco di rubino è sospeso sul calice di cristallo viola della cima del monte: un attimo, e tutto si scioglie in una fiamma che a sua volta lentamente si spegne.

Ma la luce era rimasta dentro di lei: e le traspariva dagli occhi, dai capelli, dai denti, dalle labbra ancora pure. Con incoscienza, anzi con un po' di follìa adolescente, ella aprì la valigietta e ne trasse il vestito, scuotendolo contro l'orizzonte, del quale aveva un po' il colore rosso già smorto, come una vecchia bandiera di giovinezza. E lì, nella nicchia che già conosceva altre sue trasformazioni, si tolse il vestito logoro di un anno di vita affaticata, e indossò il nuovo. - Per la mamma, - brontolava, - perché la mamma mi veda sempre giovane e viva.

Sentiva bene, però, che si trasformava così per lei stessa, come ad ogni nuova stagione anche i vecchi uccelli si rivestono di nuove piume, per riprender forza al volo della vita.

IL MOSCONE

Un appezzamento di terreno coltivato, del valore di ottocentomila lire, non è da disprezzarsi: e non lo disprezzava il suo proprietario, il vecchio signor Massimo, che anzi gli dava un prezzo ancora più inestimabile: poiché vi fermava le basi della sua vita giornaliera, ed anche la sicurezza economica per l'avvenire: sebbene quest'avvenire non si prospettasse straordinariamente spazioso, contando il signor Massimo i suoi bravi ottantacinque anni; vegeti, però, e sani e, diremo, anche freschi come gli alberi, le agavi, i rosai del suo giardino. Ed era appunto questo giardino che costituiva il suo prezioso patrimonio: ottocento metri quadrati di terreno, considerato fabbricabile, nel centro della città; a lire mille il metro quadrato.

La città gli batteva intorno sulle alte cancellate rivestite di reti metalliche e foderate di edera: gli batteva intorno, giorno e notte, come un mare in continua risacca: e al signor Massimo pareva, a volte, di essere davvero sul ponte di una nave, che andava lieve e sicura verso un porto ancora lontano. Seduto sulla panchina verde, al margine del praticello inglese, sulla cui erbetta vellutata ondulava il riflesso azzurro del cielo di giugno, aveva anche l'illusione di vedere un po' d'acqua marina; e si cullava in questo sogno, sebbene l'atmosfera fosse alquanto inquinata dal caratteristico odore fumoso delle metropoli; puzza di asfalto, di carbone, di benzina, di macchine e veicoli in rotazione: che del resto poteva essere appunto l'odore della grande nave in rotta.

Quella mattina, però, soffiava una brezza fresca, che veniva dal nord, e spazzava l'aria, lasciando che i tigli in fiore, intorno al praticello, esalassero tutto il loro magico profumo.

Nulla quindi mancava, al gaudio innocente del vecchio: neppure la speranza che la signora Annetta, la sua fedele governante, andata di persona al mercato, portasse a casa una bella aragosta piena, - poiché si era appunto al plenilunio, - e la cucinasse come lei sola sapeva fare.

Ed ecco infatti la signora Annetta ritorna: egli ne sente la voce maschia, e si volge a guardare verso la casa che s'intravede fra gli alberi come nel fitto di un bosco: poiché gli alberi sono grandi e la casa è piccola, tale quale era quarant'anni prima, col tetto spiovente, i comignoli dei molti camini, la loggia di ferro panciuta e dorata; la cucina e le stanze terrene al piano del marciapiede intorno, comodissime per chi è vecchio e non ama salire neppure un gradino di scala: quasi una casetta di campagna, insomma, color caffelatte; che pare si nasconda tra le fronde, vergognosa e paurosa delle grandi costruzioni che la circondano.

- Ecco l'aragosta: venti lire al chilo, se le piace.

È sempre la voce della signora Annetta, chiara e potente, anzi prepotente in modo insolito. Anche il viso di lei, placido e grasso come quello di un canonico, è increspato di sdegno: si direbbe ch'ella sia irritata per il prezzo dell'aragosta; ma il padrone, sapendo ch'ella, pur di contentarlo, non lesina sulla spesa, la guarda inquieto, prevedendo qualche cosa di peggio. Il brivido di una oscura minaccia turba la dolce quiete intorno alla panchina, sulla quale si è assisa, con tutto il peso solido dei suoi novanta chili, la brava signora Annetta. Ella tiene in mano, come un granchio enorme, l'aragosta grigia che ha ancora qualche guizzo di vita, e la fissa con gli occhi bovini, inquieta pur lei e quasi ansante. Il padrone non fiata; anzi fa il finto tonto, sapendo per esperienza che questo è un ottimo sistema per scongiurare pericoli e minacce.

Non è la prima né la seconda né la trentesima volta che la signora Annetta minaccia di andarsene: egli sa che è un proposito senza fondamento, eppure ogni volta gli desta un occulto terrore; non perché, dati lo stipendio e la cresta abbondante di cui la donna usufruisce, non sia facile sostituirla con un'altra, magari più svelta e piacevole di lei, ma perché ella rappresenta, per il signor Massimo, tutta un'era di abitudini quotidiane, di piccole gioie, magari anche di tribolazioni, poiché non c'è strada d'uomo priva di sassi e di spine; insomma un'epoca di vita che, andata via lei, si chiuderà melanconicamente e per sempre. Per adesso ella siede ancora accanto a lui, sulla panchina refrigerante, si piega sul grosso corpo caldo in subbuglio e respira forte; ma la minaccia è sulle sue labbra, viene, scoppia calma, sì, ma inesorabile e definitiva:

- Questa volta, caro il mio signor Massimo, è proprio vero che ce ne andiamo.

Egli perde la sua forzata prudenza: ed è lo strano, insolito modo di parlare di lei che più lo turba: batte il suo bastoncino di canna d'India sul piede della panchina, come si tratti di castigare un animale, e vuole, a sua volta, dimostrarsi sicuro, padrone di sé, anche lui prepotente.

- E buon viaggio - disse quasi gridando.

Ella lo guardò con una certa dignitosa compassione.

- A chi lo dice, buon viaggio?

- Ma a lei, pregiatissima signora Annetta. Tutti gli anni, di questi tempi, le vengono le smanie. Fin da quando è giunta dal suo bel paese natio, nel tempo dei tempi, arrivato il caldo, diceva che la sua famiglia la richiamava a casa, che suo padre la aspettava per aiutarlo nei lavori campestri. Balle. Tutte le ragazze di servizio, giunta la dolce stagione, tirano fuori questa scusa per tornare all'aperto e darsi un po' di sfogo. E si capisce: in campagna è un'altra cosa; c'è libertà sfrenata, ci sono i maschiacci, pronti a tutti i pizzicotti, e le notti fatte apposta per gli intrugli d'amore. Quando poi sono soddisfatte, queste signorine tornano dai padroni imbecilli. E anche lei, signora Annetta, tutti gli anni ripete la stessa storia. E che vada pure; ma la vorrei vedere a mietere, ad arrampicarsi sui gelsi per cogliere la foglia, ad attingere acqua dal pozzo, a... a...

Uno scoppio di riso satiresco gli sconvolse il viso congestionato: e avrebbe riso anche la signora Annetta se lo sdegno, ed anche la meraviglia per il coraggio impudente del padrone, non le avessero destato piuttosto un immediato desiderio di vendetta. Disse, a denti stretti:

- Parla di me? Ma lei si sente male, stamattina; e più male si sentirà quando le avrò detto che è proprio lei che deve andarsene, di qui, e in conseguenza deve sloggiare anche la povera Annetta.

- Ma dove vuole che andiamo? Al manicomio?

Allora la donna non parlò più: con lentezza crudele, dopo aver deposto per terra l'aragosta, si frugò nelle tasche profonde e ne trasse un ritaglio di giornale: lo spiegò, lo decifrò, come cosa che riguardasse lei sola, infine lo mise sotto gli occhi del vecchio. Ed egli vide un disegno topografico, con strade, muri, piazze, edifizi, segni cabalistici: aveva le branche come l'aragosta; e sotto c'era scritto:

«Nuovo piano regolatore».

Allora capì; e gli parve che la rete del disegno gli si riproducesse sugli occhi, velandoli di nero: sì, altre volte anche quella minaccia lo aveva atterrito, ma vaga e superficiale come quella della sua governante: adesso era lì, palpabile, paurosa, e gli tagliava il cuore con la spada delle due grandi strade che segnavano una croce attraverso la sua casa e il suo giardino. Quando si riprese dal suo stordimento si accorse che la donna era rientrata in casa: ne sentiva di nuovo la voce che brontolava come un tuono lontano contro la giovane serva sorniona, anche questa sempre sulle mosse di partire: e adesso capiva il perché del malumore della signora Annetta, e si pentiva di averla maltrattata; ma in fondo le serbava rancore per la cattiva notizia, quasi fosse dipesa da lei. Cattiva notizia? Ma no, ché un grosso moscone di metallo verdazzurro piomba a picco da un tiglio, come un minuscolo uccello ronzante, e gli volteggia attorno, gli sfiora la testa, gli ricama rasente alle orecchie una musica insistente, con vibrazioni quasi di chitarra: una musica che gli ricorda qualche cosa di remoto, nel tempo, e nello spazio, come di una vita anteriore, dolce e meravigliosa. Sì, è il moscone che porta le buone notizie, ai bambini, come anche lui lo è stato, ai cuori che aspettano, alle donne innamorate, ai vecchi, come lui, che sono pur essi ancora innamorati della vita e pur essi aspettano...

Ripreso da questo alito di speranza rilesse meglio il giornale: e infatti l'inizio dei lavori del piano regolatore era di là da venire: c'era tempo da sloggiare con calma, forse anche con gioia, e tornarsene, come le giovani serve di passaggio, al bel paese natio, dove il grande Padre ci aspetta.

CACCIA ALL'UOMO

Da otto giorni Bernardo il Nero, nero, in verità, di pelle, di capelli, di peli fitti fin sulle mani grosse e nodose, si aggirava nei boschi di castagni e di quercie della sua regione, come un orso fuggito dalla gabbia. E a volte avrebbe ringhiato come un vero orso, di ira e di ferocia, se la sua missione non lo avesse costretto ad esplorare nel più perfetto silenzio le macchie e gli anfratti del luogo precipitoso. Cercava un nemico. Nemico in questo senso che egli, Bernardo, custode carcerario, padre di famiglia, integerrimo nelle sue funzioni di guardiano d'uomini, era stato sospeso per tre mesi dall'impiego, accusato di aver favorito, o almeno permesso, la fuga dal penitenziario, e precisamente dall'infermeria dove giaceva malato o finto malato, di un giovane pericolosissimo delinquente suo conterraneo.

Le ricerche delle autorità rimaste senza risultato, adesso egli le continuava per conto suo, e non tanto per riabilitarsi e riavere subito il posto, quanto per odio e desiderio di vendetta contro lo sciagurato per il quale aveva in realtà dimostrato qualche segno di benevolenza. Mai proposito d'uomo era stato più fermo del suo: di trovare cioè quello che oramai egli considerava come un nemico personale, e ricondurlo vivo o morto nel carcere.

Vivo o morto: questo era il singulto esasperato del suo cuore, che rispondeva a quello del cuculo nascosto nel bosco. Armato di fucile e di rivoltella, di pugnale, di bastone, e di un nerbo di bue più temibile delle palle stesse, egli percorreva in lungo e in largo tutte le vene dei sentieri che serpeggiavano nei luoghi scoscesi e ombrosi. Belli, d'altronde, erano questi luoghi, allietati dalla primavera inoltrata: gli usignuoli vi cantavano come in tenzone, l'uno più melodioso dell'altro, con un accompagnamento corale di acque correnti; e lungo le fratte le aspre robinie e le miti ginestre, intrecciate in un eguale desiderio d'amore, mescolavano il bianco lunare e il chiarore di sole dei loro fiori.

Di tutto questo nulla importava a Bernardo: avrebbe anzi preferito un tempo invernale, con la neve che conserva le impronte delle bestie randagie; e l'ombra che, se nasconde il nemico, nasconde anche l'inseguitore: e nell'ombra egli cercava di camminare, rasentando i tronchi scavati da nicchie scure dentro ognuna delle quali pareva si celasse lo spirito di un eremita, o anche il suo corpo santo, poiché ne veniva fuori un misterioso profumo di solitudine e di purezza: ad ogni rumore che avesse un'eco di passaggio umano egli si buttava a terra, dietro i cespugli, e i suoi occhi luccicavano come quelli dei cani in agguato. Poi riprendeva disilluso a camminare, pronunziando entro di sé parole di scongiuro e di maledizione. Gli rispondevano, sbeffeggiandolo, i fischi delle gazze, sopra le capanne deserte dei cacciatori, intorno alle quali cresceva alta l'erba che egli scrutava quasi filo per filo.

Nessuno. Eppure egli non disperava ancora; anzi pareva si attardasse nelle sue vane ricerche per scrupolo verso sé stesso, o forse anche per gustare poi meglio la vittoria finale. Poiché sentiva bene, e lo sapeva inoltre per indizî altrui, che il punto buono per la sua caccia era più in alto, più lontano. Ed ecco che egli arriva finalmente al minuscolo pianoro che forma come la chierica del cocuzzolo del monte: intorno le quercie si slanciano con più gioia verso il cielo tutto loro, e, sotto, i ciclamini e le genziane sembrano fiori di gemma. In mezzo allo spiazzo, una chiesetta col tetto spiovente, tutta in legno verniciato di scuro, spande anch'essa un odore di resina, come una cosa vegetale spuntata per miracolo della natura sulla sommità del monte. E intorno tutto ha, del resto, un senso di miracolo o almeno d'incantesimo. Il sole trasfonde una luce quasi mistica nell'atmosfera senza alito: e sotto quell'esaltazione di silenzio le cose pare s'ingrandiscano e mettano le ali. Ogni filo d'erba, ogni insetto riflette i colori dell'iride; ogni foglia ha una pupilla vivissima che risponde a quella del sole come all'occhio stesso di Dio.

E Bernardo, senza volerlo, senza saperlo, rientrò in quel cerchio magico, preso da uno stordimento piacevole come quando beveva un bicchiere di vino forte. Era più che mai fermo nel proposito di catturare la bestia fuggita, ma senza massacrarla col suo nerbo inesorabile: e anzi prometteva di dire un paternostro al piccolo Cristo della chiesetta, se la sua pena riusciva ad aver fine.

Ma un po' di sconforto lo provò ancora nell'accorgersi che la porta dell'oratorio era socchiusa: ne veniva fuori un mormorio di preghiere e quell'odore d'incenso che imitava il profumo della resina. Egli capì che vi si celebrava la messa: scivolò quindi lungo il muro, fino alla piccola finestra della sagrestia. Era un po' alta, la finestruola munita di una inferriata in croce; facile però fu all'uomo arrampicarvisi, come già molte volte lo aveva fatto da ragazzo, quando, pur sapendo che nella sagrestia non c'erano che un armadio e due panche, vi guardava dentro cercandovi misteri più profondi di quelli dei boschi intorno.

E ancora gli pare di esserlo, ragazzo agile e selvatico, figlio di cacciatori avventurosi dalla movimentata fantasia, e di trovare finalmente un mistero, grande e terribile nella sua trasparente rivelazione, nella piccola sagrestia dalla quale esce l'odore delle nicchie dei tronchi mescolato a quello dell'incenso che penetra dall'uscio aperto comunicante con l'oratorio. Attraverso quest'uscio si vedeva di scorcio l'altare, con due stelle di candele e, deposto ai piedi del Cristo nero e sanguinante, un piatto di fiori di genziana che pareva colmo di uva violetta. E vi si intravedevano anche due fraticelli, uno che celebrava, l'altro che assisteva la messa: calvi tutti e due, ma ancora uno biondo e l'altro bruno, simili a San Francesco e Sant'Antonio eremita.

Ma non era questo il mistero che colpiva Bernardo, e che egli già conosceva da lungo tempo: quello che non conosceva era lì, sotto i suoi occhi, dove l'ira si spegneva per dar posto a uno stupore infantile: poiché l'uomo che egli cercava, vivo o morto, gli si offriva docile e vinto, disteso sulle due panche riunite della sagrestia, come ucciso dal solo desiderio di lui. Scappando dall'infermeria, il prigioniero aveva avuto modo di penetrare nei magazzini del penitenziario, dove si conservano le vesti dei condannati, e si era camuffato con un pantalone e una giacca troppo larghi per lui: adesso il suo corpo stecchito vi si disegnava dentro come uno scheletro rivestito un po' buffonescamente da qualche spirito mattacchione. E anche le scarpe, logore e fangose, ben vicine l'una all'altra, parevano messe apposta sotto l'orlo dei pantaloni. Il viso non si vedeva, poiché i fraticelli, come al solito saliti a celebrare la messa nella chiesetta, trovato l'uomo già morto nella sagrestia, lo avevano ricoperto con una tovaglietta d'altare. Sì, la stessa della quale si servivano per coprire il calice con l'offerta del sacrifizio. Solo le mani del morto rimanevano scoperte, incrociate sul petto: lunghe, pallide di prigione e di malattia, ma d'un pallore giallastro, con le unghie dure, le dita rigide scagliose come gli artigli degli uccelli di rapina.

E Bernardo guardava quelle mani con un senso quasi di fascino: ecco, erano quelle che avevano saputo infrangere anche le inferriate del penitenziario e per le quali egli portava in tasca le manette. Adesso il laccio che ne fermava i polsi in eterno era un rosario dei fraticelli, che pareva fatto di bacche di mirtillo.

E quando ebbe finito le sue contemplazioni, ed anche certe sue speciali considerazioni filosofiche, il buon Bernardo saltò giù e si scosse tutto, aggiustando le sue armi. Si sentiva vuotato, e gli pareva quindi di avere anche lui gli abiti d'un tratto slargati. Si accorse, infatti, che in tutto quel tempo di ricerche, di rabbia, di fatica, si era dimagrito: e aveva fame, come quando da ragazzo scappava anche lui di casa per salire lassù alla ricerca di cose introvabili.

Ma prima di rifocillarsi volle compiere tutto il suo dovere: si accertò anzi tutto se la morte del condannato non era simulata: poi recitò il paternostro di ringraziamento a Cristo salvatore degli uomini; e infine discusse coi fraticelli sul miglior modo di ricondurre il morto fino al punto donde il vivo era fuggito.

Come spesso le piaceva fare, la signora andò a sedersi sul divano del salotto, nell'angolo dal quale meglio si vedeva la finestra sul giardino.

Era quasi sera; una sera di maggio, ancora fresca, ma con già lievi rossori estivi ad occidente. Nel vano della finestra aperta, attraverso la tenda di finissimo tulle, che dava al quadro di fuori come un'impressione di arazzo, si disegnava una palma, nera, sempre più nera nel rosso stemperato dello sfondo, con le foglie un po' pendule, come grandi ali stanche: dalla vigorosa colonna del tronco pendevano cespuglietti di erbe selvatiche, ed anche un tralcio di pervinca che piano piano chiudeva i suoi fiori come occhi di fanciullo che si addormenta. Questo istinto di sonno vinse anche la signora: ma era un senso di sonno fisico, di rilassamento, di abbandono alle forze crepuscolari che vincevano la natura. Aveva lavorato anche lei tutto il giorno, non per necessità assoluta, ma per un bisogno di moto, di sfogo della sua energia interiore, ancora viva e potente; e adesso il corpo non più giovane si risentiva della fatica inutile e si ripiegava su se stesso, tentando di trascinare nella sua stanchezza alquanto disperata lo spirito sempre vigile. Questo però si ribellava tutto, respingendo quel principio di fine, di annientamento notturno: di morte, insomma. Ma a misura che la luce mancava, ella sentiva l'ombra addensarsi anche dentro di lei; sebbene in fondo al cuore le rimanesse, come appunto nel centro delle cose intorno, una scintilla di fuoco, che era quasi il seme del rinnovarsi della luce di domani.

Fu suonato con una certa violenza il campanello della porta di strada. Ella si sollevò, fra sdegnata e ansiosa. Non aspettava nessuno, e neppure desiderava visite, a quell'ora: e il portalettere o il fattorino degli espressi o del telegrafo non potevano recarle buone o cattive notizie, poiché ella non aveva parenti né amici e tanto meno nemici sparsi per il mondo. Eppure, perché questo senso di risveglio e di attesa, più che di curiosità, fra l'andare e il venire della cameriera alla porta e da questa all'uscio del salotto?

- Signora, c'è una bambina che deve consegnarle una lettera.

- Una bambina? A quest'ora?

- Non è sola. L'accompagna una signora piuttosto anziana che l'aspetta alla porta.

Un breve silenzio. La signora piega la testa, la solleva con sùbita calma.

- Fatele entrare.

Entrò solo la bambina: era piccola, esile, con le gambine scarne e i piedi grandi: grandi anche le mani, ch'ella tentava di nascondere entro le maniche di un paltoncino rosso troppo largo per lei. Un berrettino a maglia, dello stesso colore, ardeva come un fiore in mezzo al cespuglio dei suoi capelli crespi di un nero dorato. Del viso non si vedeva che l'uovo del mento, poiché ella si avanzava a testa bassa, quasi spinta benevolmente, anzi con incoraggiamento, dalla mite cameriera: e appena consegnata alla signora la piccola lettera che aveva tratto dalla manica del paltoncino parve volesse fuggire.

- Ma no, ma no; mettiti qui, carina; adesso la signora legge.

Era la cameriera che parlava; la fece sedere quasi per forza, sul divano, accanto alla padrona, e stette lì quasi per impedirle di scappare. La signora leggeva, fredda, diffidente: aveva già veduto, alla luce della prima lampada accesa dalla domestica, la busta umile: e su questa l'indirizzo scritto con quella caratteristica grafia popolaresca le cui lettere sembrano piuttosto segni e ghirigori.

- Accendete bene - ordinò alla cameriera, e la bambina sollevò d'istinto, riabbassandolo subito, il viso stupito, quando anche le lampade aderenti al soffitto sparsero una luce vivissima sulle cose belle che riempivano la stanza: ma più fulgido fu il baleno dei suoi grandi occhi celesti, che parve accrescere l'improvvisa luminosità del luogo.

La signora leggeva.

«Signora, si ricorda di Augusta la Sua cameriera di dieci anni fa, quando ancora viveva il Suo buon Consorte? Andata via da Loro, trovai, sebbene non più molto giovane, da accasarmi: pur troppo però anche mio marito è morto, e anch'io forse sono sulla sua strada, perché domani devo entrare all'ospedale per subire una gravissima operazione. Perciò le mando i saluti con la mia unica bambina, e la prego di scusarmi se, in quel tempo, qualche volta ho mancato. La Sua devotissima serva Augusta».

Finito di leggere, anche la signora rimase col viso piegato sul foglio con un atteggiamento che rassomigliava a quello della bambina: e, invero, anche il suo era un senso di smarrimento profondo, come se ella si trovasse, spintavi a forza, in casa d'altri, in un mondo nuovo e sconosciuto, che al solo guardarlo di sfuggita destava meraviglia e timore insieme.

Ombre e luci, fantasmi e angeli, altezze e abissi la circondarono: le passarono davanti fantasmagorie di nuvole nere e fiammanti, come quelle che dopo un temporale estivo marciano sull'orizzonte, in lotta col sole.

Augusta. Sì, la ricordava. Bruna, formosa, con la bocca e gli occhi ardenti, i fianchi ondulanti come quelli della Sposa del Cantico dei Cantici: e anche come quelli delle tigri.

Ella si era persino ingelosita della sua serva possente e felina e del "buon consorte" che in gioventù era stato biondo e aveva gli occhi celesti come quelli della bambina seduta al suo fianco.

Ombre fuggenti; passato cancellato dal tempo e dalla morte. Sollevò il viso e guardò la piccola messaggera come la vedesse solo allora. Il rosso stonato del vestitino povero e pretenzioso le destò quasi una vampata di odio.

Domandò con voce dura:

- Come ti chiami?

- Rosa.

La voce esile tremò come uno stelo, con in cima il fiore di quel nome luminoso.

- La signora che aspetta di fuori è la tua mamma?

- Sì.

La cameriera, che attendeva ordini ferma nell'angolo del salotto, credette che la padrona mandasse a chiamare la sua antica collega.

Nulla. La signora disse:

- Adesso ti darò la risposta.

Si alzò, rigida pur nella persona pesante che sembrava intagliata, anche per il colore del vestito, in qualche legno duro: lenta e calma andò nella stanza attigua, della quale l'uscio era sempre aperto; lenta e calma rientrò nel salotto, con in mano una busta chiusa. La risposta alla donna, che forse implorava sul serio, tragica sulla sua porta come sulla soglia della morte, e che le offriva la vita della bambina come una eredità inestimabile, - o forse la ingannava ancora come dieci anni prima, - era un biglietto da cinquecento lire.

La bambina prese la busta e si alzò di scatto, sempre in atto di fuggire. La signora, adesso, fu lei a fermarla; anzi la colse quasi a volo come una farfalla.

E come una farfalla la sentì davvero vibrare fra le sue mani, tutta tremula, morbida, di una bellezza irreale eppur vivida e calda come l'essenza stessa della vita. Quel tremito, quella impressione di volo fermato, di gioia e terrore confusi in uno stesso mistero, le penetrarono fino al cuore, le sfiorarono il sangue. Un gesto, e la divina farfalla poteva fermarsi lì, e quella vita poteva rinnovare e illuminare la sua, con l'eterno miracolo dell'amore.

La bambina sentì questo soffio avvolgerla tutta in un'onda di luce: sgusciò dalle mani rallentate della signora, corse fuori ma tornò subito: portava una rosa rossa: gliela porse e le sorrise. Sembravano due fiori sullo stesso stelo, adesso, la rosa e la bambina: e gli occhi di lei scintillavano come la rugiada al primo sole.

Ma la signora già di nuovo si era ripresa e irrigidita. Disse alla cameriera, che seguiva sempre la bambina con una certa aria di complicità:

- Spegnete, e accompagnate la signorina.

E a questa, che si era anch'essa di nuovo tutta oscurata e chiusa, disse:

- Addio.

SCHERZI DI PRIMAVERA

Notte d'aprile, improvvisamente calda, dopo un lungo prepotente inverno che non si stancava di torturare la terra coi suoi furori. Adesso finalmente se n'era andato; e la terra dormiva tranquilla: ma era il sonno fecondo della primavera. Si sentiva l'alito tiepido dei suoi sogni di eterna fanciulla; nel silenzio si aprivano furtivi i fiori degli alberi, e quelli dei prati si sollevavano a spiare il mistero ancora non conosciuto delle stelle. L'orizzonte era fasciato da un vapore di luce, e pareva che il profumo e il tepore della notte esalassero di laggiù, da un fuoco invisibile, alimentato di legno odoroso. Era l'annunzio del sorgere della luna.

Anche il cane dell'ovile sonnecchiava, raccolto come un cercine di felpa biondiccia sulla soglia dello stabbio. E dormiva anche il servo, nella capanna, profittando dell'assenza del padrone che era tornato in paese per sposarsi. Era sicuro del cane, il servo, più che di sé stesso. Da quando la bestia, forte, giovane, agilissima, guardava l'ovile, nulla più di male vi era accaduto. E infatti, mentre il sonno del servo era opaco e profondo, quello del cane poteva dirsi trasparente, vigile e anche inquieto: pareva che la bestia sapesse di essere sola a vegliare il bestiame, e ne sentisse la responsabilità; ma nello stesso tempo il suo istinto non sfuggiva all'influsso della notte, della stagione; e di tanto in tanto un tremito gli faceva ondulare le vertebre, sotto il pelo che pareva agitato da un alito di vento. Allora guaiva, in sogno, per uno spasimo fisico che era pure una dolcezza indefinita, un desiderio inafferrabile, come quelli degli adolescenti.

E infatti anch'esso era un cane quasi cucciolo, che ancora non conosceva l'amore.

Le due volpi, invece, maschio e femmina, giù nell'anfratto dove avevano a loro disposizione tutto un labirinto di roccie coperte di cespugli, non potevano dormire. Avevano fame, stremenzite da quelle ultime giornate di pioggia e di carestia; e il vuoto dello stomaco raffinava la loro fantasia come il digiuno l'esaltazione dell'asceta solitario.

Il volpone sentiva però il cambiamento del tempo, e che era giunto il periodo della giustizia. Poiché se Dio lo aveva messo al mondo, regalandogli anzi con prodigalità quasi paterna tanti mezzi per farsi valere, bisognava pure che si aiutasse. Uscì dunque all'aperto, subito seguito dalla compagna: era piuttosto piccolo e quasi nero, con una coda più lunga e più grossa dello stesso corpo: gli occhi brillavano come le stelle. La volpe era più grande, bionda, morbida: lunghissima, sapeva tuttavia farsi piccola come una martora di nido.

Seguiva il compagno senza una volontà precisa, imitandolo nel modo di camminare, cioè mettendo le zampe posteriori sull'orma di quelle anteriori, in modo che l'impronta se la coda non riusciva a cancellarla del tutto, sembrava di una bestia con due sole zampe.

Scesero fino alla riva del fiumiciattolo, in fondo al pendio, e stettero in ascolto. L'acqua, ingrossata dalle ultime pioggie, sviava qua e là tra i giunchi del greto, con leggeri brontolii come di protesta: il luogo odorava di menta. Il maschio bevette, più che altro per tastare l'acqua; poi si volse e rinculando cominciò a sbattere la coda nella corrente, finché non l'ebbe tutta bagnata, come fanno le donne quando si lavano i lunghi capelli.

La volpe sapeva già quello che il compagno voleva fare; e quando esso si rimise in viaggio, su per il pendio e poi attraverso i prati del sovrastante altipiano, lo seguì avendo cura di spazzare il terreno con la sua coda asciutta. Del resto l'erba si beveva i loro salti, e la rugiada lavava l'erba. Tutto era ad essi favorevole. Arrivati al margine dei pascoli dove era attendato l'ovile, il maschio si fermò: si fermò anche la compagna e di nuovo stettero in ascolto. Non la più lieve incrinatura rompeva lo specchio del lucido silenzio notturno: anche le stelle erano ferme come pupille incantate; e solo parlavano, quasi comunicandosi scambievolmente un segreto, i diversi profumi della vegetazione: erba marzolina e festuca; paleino e ranuncolo selvatico: persino la volpe odorava di mentuccia.

E sapeva benissimo quello che doveva fare. Lasciando il compagno immobile in mezzo ad un rovo, si slanciò sola in avanti, con agilità prodigiosa. Sentiva un'ebbrezza di volo, un senso di libertà, di fanciullezza, quasi d'innocenza. Aveva voglia di correre e di giocare: null'altro. Anche la fame era sparita dalle sue viscere sobbalzanti di gioia. E poiché non aveva nessuna intenzione di rubare, ma solo di divertirsi e trovare per i suoi giochi un compagno meno famelico e criminale del suo tetro compagno, si avvicinò all'ovile con la disinvoltura di un amico di casa.

Il cane la sentì: e sentì quello che essa voleva. Quindi non abbaiò, ma si alzò d'impeto, le fu addosso, l'afferrò per il collo, senza morderla. Anch'essa volse rapida la testa e gli morsicò, un po' più forte di quanto esso facesse, la punta di un orecchio. Il cane rabbrividì tutto, come scottato: dalla schiena gli si irradiarono per tutto il corpo i razzi di questo brivido incandescente: si sciolsero in scintille di piacere. Sentì anch'esso un folle desiderio di giocare, di liberarsi dall'opaca schiavitù verso l'uomo, verso le bestie, verso il suo vuoto modo di vivere. Lasciò la volpe, ma la riprese subito, e si avvoltolarono sull'erba, si morsicarono a sangue, sempre in silenzio, con gioia crudele. Poi, d'improvviso, essa fuggì, parve dileguarsi nel crepuscolo dell'orizzonte. Ma il cane vide sull'erba come una scia di luce, e vi andò dietro, pazzo di piacere. La volpe lo aspettava dove appunto il prato aveva una linea d'argine sopra un vuoto azzurro che pareva un fiume, con la vela gialla della luna sorgente: gli si avventò contro, tentò di saltargli addosso: il cane si drizzò; si drizzò anch'essa, e parvero abbracciarsi: poi si atterrarono a vicenda, e ripresero ad avvoltolarsi sull'orlo del declivio, con un gioco tenero e feroce nello stesso tempo.

Il maschio, intanto, penetrò a suo agio nel recinto del bestiame; ma lasciò in pace le pecore che dormivano, ancora tutte gonfie della spuma calda del loro vello, e col muso cercò i porcellini di una scrofa tardiva accovacciata con essi in un angolo dello stabbio. La madre tentò di difenderli: ma il volpone le sbatté sugli occhi la polvere fangosa della quale si era già imbevuta la coda, e la bestia ricadde accecata. Allora il nemico prese i porcellini, affondò nelle loro gole le spine d'acciaio dei suoi denti, e uno dopo l'altro ne portò via cinque, trascinandoli al ciglio del prato, e poi giù giù fino al covo delle roccie.

E lì, senz'altro, cominciò il banchetto, finché giunse anelante la compagna che divorò un intero porcellino, sgusciandolo dalla pelle ancora tenera, come un frutto dalla buccia.

All'alba il servo si accorse del vuoto nello stabbio: ma nell'osservare che il cane non aveva abbaiato e che ancora adesso dormiva tranquillo come se tutta la notte non avesse fatto altro che compiere il proprio dovere, pensò, anche lui calmo e coscienzioso: - Povera bestia, la lingua ti hanno legato; stregato ti hanno, i ladri, con le parole magiche. Che colpa ne hai tu? E neppure io ne ho colpa. E il padrone nulla avrà da dire, poiché anche lui è stato legato dalle parole magiche di una donna: e legato bene, lui, per la vita.

E si piegò, rassegnato e incoscientemente ironico, davanti alla inesplorabile potenza delle cose fatali. Un giorno però, qualche tempo dopo, esplorando i dintorni, arrivò al covo delle volpi e in un cantuccio vide due graziosi cagnolini che giocavano allegramente a rincorrersi e morsicchiarsi; e non solo non tentarono di fuggire, ma lo guardarono come riconoscendolo. Erano due bellissimi esemplari della razza dei cani detti volpini, di quelli appunto che non si lasciano abbindolare dalla volpe e sono i più adatti a cacciarla.

LA MADONNA DEL TOPO

Non che fosse strampalato il pittore che dipinse questa Madonnina, ma, forse, lo ispirò un bizzarro grottesco spirito francescano, che lo spingeva ad amare tutte le bestie create.

Il modello della Vergine era una sua bionda servetta, procuratagli da pochi giorni dal padrone di casa: una bimba quasi, con le lunghe trecce attorcigliate intorno alla testa, con la fronte d'avorio, grande, prominente, e i nerissimi occhi lunghi, pieni di languore e di sofferenza. Il resto del visetto scivolava giù con la bocca quasi invisibile e il mento giallino, non più grosso di una ciliegia acerba. Era triste, silenziosa, timida; e forse la sua morbosa paura dei topi aveva dato al pittore la prima idea del quadretto.

Anche il bambino non sembrava dei soliti: grasso, bianco, traboccante dalle braccia della servetta, si piegava però con naturalezza, tentando di scendere sul pavimento polveroso: e pareva guardasse davvero, coi tondi occhi azzurrognoli, tendendogli le manine pienotte, il topolino grigio. Questo era di maniera: poiché il pittore non poteva, per molte plausibili ragioni, pigliarne uno vivo a modello; ma era ben fatto, magrolino, con la coda molto lunga, i baffi, il muso di lupo in miniatura; e stava ai piedi della Madonnina, con le zampine anteriori supplici, gli occhi lucenti di adorazione o forse di voglia di rosicchiarle il lembo della veste stellata.

Eppure il quadretto trovò subito un compratore; il più imprevisto, se non il più competente e generoso: lo stesso padrone di casa del pittore.

Era un proprietario di case e di terre, delle quali egli stesso teneva l'amministrazione. Bell'uomo, alto, forte, aveva tuttavia, con quei suoi lunghi baffi biondi spioventi, un'aria quasi sentimentale, o meglio preoccupata, come se gli andassero male gli affari. E infatti la spiegazione che diede al pittore, per l'acquisto del quadretto, si riferiva ad un flagello dei suoi campi.

- Ho, in un podere di mia moglie, seminato molto frumento, per concorrere al premio: è già bello, alto, granito, ma quest'anno, come anche gli altri anni, meno però di questo, i topi campagnoli vi fanno strage. Si mangiano le spighe più mature, e rodono anche i gambi: un disastro. E non si trovano rimedi. E mia moglie piange sempre; già, ma lei piange anche quando l'annata è buona. Allora ho pensato che forse, mettendo questo quadretto nell'atrio della casa colonica, la Madonna potrà proteggere il campo, facendo morire i topi.

Il pittore si guardò bene dal ridere: solo osservò a sé stesso, che la sua intenzione nel dipingere il quadro non collimava precisamente con quella del padrone di casa: il quale, a sua volta, l'assicurò che, al riparo dell'atrio, molto in alto sul muro sopra la porta, con un bel vetro solido, l'opera d'arte non avrebbe mai sofferto danno.

- La prego di non dir niente a mia moglie, per adesso, tanto lei non viene mai al podere. Se sa che faccio questa spesa, sebbene ella sia molto religiosa, le scoppia l'itterizia.

- E allora si fa così: - aggiunse, - si va oggi stesso al podere, col mio biroccino: là si appende il quadro e si fa uno spuntino: alle sette siamo a casa.

- Va be' - disse l'artista, sedotto dall'idea della passeggiata e dello spuntino, ed anche dai modi mansueti e quasi ingenui del suo rustico mecenate. Decisero dunque di partire subito. La giornata di mezzo giugno sembrava fatta apposta per una gita di quel genere: spirava un vento fresco, di ponente, e i fiori dei quali i campi erano coperti gli si abbandonavano con gioia viva. Il podere, tutto circondato di un'alta siepe di prunalbi ancora fioriti, con una *cavedagna* centrale che pareva un viale ornato per una processione, e lungo il quale le viti, glauche di solfato di rame, si slanciavano da un gelso all'altro in un inseguimento infantile, dava l'idea di un paradiso terrestre a coltivazione intensiva. Dalle arcate di quel portico fantastico s'intravedevano i prati rosei di trifoglio, e le distese del grano ondulanti e balenanti come le acque di un lago. E di uno sfondo equoreo si aveva l'impressione anche a guardare in alto la rustica terrazza della casa colonica, dove sull'azzurro denso del cielo bianchissime lenzuola tese ad asciugare si gonfiavano come vele.

Il viale non finiva mai: il pittore, appoggiato allo scudo del quadretto, si sentiva ubbriaco di tutta quella generosità d'aria, di trasparenze, di colori teneri e decisi che si accordavano con un'armonia quasi musicale: e il pensiero dello spuntino che la massaia avrebbe preparato con impegno lo rendeva più felice. Ricordava con insolita tenerezza la moglie e il grasso bambino, lasciati a casa; ed anche la servetta che gli portava una certa fortuna. Dopo tutto era un buon uomo anche lui, grassone, pancione, che, se aveva dipinto l'arcobaleno fra le nubi, e il riflesso di una stella sul mare, non sdegnava le quaglie coi funghi.

Il padrone, invece, s'immalinconiva sempre più: con gli occhi, dove stagnava un pensiero fisso, guardava solo la groppa del cavallo, aizzando di tanto in tanto la bestia con un grido gutturale, selvaggio, quale il pittore aveva sentito, durante un suo soggiorno in Africa, dagli indigeni del luogo.

Ma il cavallo non meritava di essere aizzato neppure benignamente: volava, e pareva avesse solo due zampe: si fermò di botto in mezzo all'aia, che ricordava anch'essa un tratto di spiaggia marina, affollata di tutto un popolo sbarcato da qualche arca di Noè.

Con beatitudine del pittore, un porcellino nero, con gli occhi e la codina lucidi come gioielli di smalto, corse incontro al cavallo, drizzandosi quasi volesse baciarlo: anche i cani facevano festa, le oche salutavano solenni come grandi dame, e gli anatroccoli in numerose squadre si misero al seguito del padrone che, a dire il vero, gettava loro certe molliche che aveva in tasca. Con questo corteo giunsero all'atrio, e il pittore vide subito che forse si doveva consumare un sacrilegio, togliendo la Madonnina azzurra e rossa che vi era già dipinta sul muro a destra della porta, e ai cui piedi ardeva, entro un bicchiere pieno a metà di olio, una fiammella galleggiante.

Il padrone lo rassicurò: come del resto aveva già avvertito, la nuova ospite sacra doveva trovar ricovero sopra la porta: andò quindi a cercare una scala e dare ordini alla massaia, che già stava affaccendata in cucina a manipolare la pasta.

Questa vecchia contadina doveva essere sorda e di vista corta, perché l'uomo le parlava ad alta voce, ed ella non rispondeva, abbassando la testa a guardar bene la sua sfoglia: ma era forte, robusta, coi piedi e le mani che sembravano badili. Non s'impicciò nella faccenda del quadro, che lo stesso padrone volle attaccare il più alto possibile, quasi rasente alla volta, in modo che la Madonnina numero due pareva volesse nascondersi e sfuggire allo sdegno della prima protettrice del luogo. Il bambino però si piegava prepotente e curioso; e non più verso il topolino che, adesso, in quella mezza luce, sembrava vero, arrampicatosi di nascosto sul muro; ma a tentare di attaccar briga con lo scialbo bambino di sotto che tendeva anche lui gli stecchini delle sue braccia a scaldarsi alla fiammella del bicchiere.

Il pittore guardava e lasciava fare: del resto il quadretto non stava male, lassù; inoltre si sentiva venire dalla cucina un odore d'intingolo che profumava anche le considerazioni più melanconiche a proposito della dignitosa povertà degli artisti d'oggi, costretti, in certe città, come si legge sui giornali, a vendere i loro quadri in cambio di commestibili e combustibili.

Però, un certo senso di mistero si avvertiva intorno: e troppo intelligente era l'uomo per non accorgersi che il padrone aveva un fare strano. Infatti, quando l'operazione fu compiuta, egli riportò rapidamente la scala a posto, con un'aria ladresca; poi guardò di qua, di là, da ogni angolo dell'atrio, l'effetto del quadro; infine si scosse e parve non pensarci più. Allora condusse il pittore a vedere la vigna, il grano, il frutteto. Tutto era bello, ben tenuto; e gli uomini che vi lavoravano, illuminati dal sole al declino, avevano anch'essi luci e colori che entusiasmavano l'artista. Ma quello che più lo colpì, nella stalla levigata come un salone da ballo, fu un ciclopico toro rosso, feroce e bramoso, che pareva avesse il fuoco nelle viscere e, oltre le belle figure mitologiche, ricordava qualche bisonte antidiluviano. Le miti vacche mulatte pareva ascoltassero i suoi muggiti come note d'amore.

- Con tutto questo ben di Dio, sua moglie si lamenta? - disse il pittore: e il padrone rispose con un sospiro.

Quando rientrarono, lo spuntino era pronto, sulla grande tavola della cucina. Solo mancava il vino, e il padrone andò lui in persona a sceglierlo in cantina.

Allora il pittore, preso da un estro, si avvicinò alla massaia, le sorrise, parve volesse baciarla. Le domandava all'orecchio:

- Avete veduto la nuova Madonnina?

L'aveva ben veduta, la vecchia sorniona, con gli occhiali legati con lo spago: e tutto aveva veduto e sentito. E una subita complicità di malizia unì i due curiosi.

Disse la vecchia:

- L'è ben la figura della Giglina, l'amica del padrone, morta quest'inverno.

- Ma se è la mia servetta Maria?

- È ben la figliuola della povera Giglina, la Maria, che è tutta la madre.

L'OSPITE

Cattivo era l'umore di donna Brigida, quel giorno ventoso di marzo. Per la prima volta ella aveva licenziato la vecchia serva, venuta con lei dal lontano paese natio, e la vecchia serva prometteva di andarsene. Muso lungo reciproco, quindi; senso di separazione da tutto un passato pacifico; terrore dell'avvenire nuovo. Il fatto è che la vita, secondo le due donne, è sempre più difficile; tutto costa, tutti imbrogliano; per avere un operaio in casa bisogna prima invocare l'aiuto di Dio: e il denaro, anche ad averlo nascosto in ogni angolo, come ce l'ha donna Brigida, non ha valore.

Ella stava appunto contando e ricontando con meticolosità il resto della spesa che la serva triste e torva aveva deposto sulla tavola della cucina, quando fu suonato quasi con violenza il campanello della porta.

- Gesù Maria, sembra la giustizia coi suoi gendarmi, mormorò la vecchia Agostina, che in trent'anni ch'era a Roma non aveva un giorno solo dimenticato le tradizioni della sua stirpe diffidente.

Era invece un ospite. E che ospite! Nel ricomparire davanti alla padrona, Agostina pareva quella di trent'anni fa: la maschera della vecchiaia e della tristezza le era caduta dal viso, la voce risonava commossa:

- Sa chi c'è? Bustianeddu Minore. Porta una bisaccia di roba: l'ho fatto entrare in camera da pranzo.

- Come mai? Come mai?

Anche la padrona è un'altra. Bustianeddu, la bisaccia! Figure e cose balzate, appunto in quel momento di crisi, dal più lontano passato, con uno strascico luminoso di favola.

L'uomo, che si era seduto accanto all'uscio, come usava nel paese, a prima impressione disilluse donna Brigida. Era vestito da borghese, col cappotto foderato di seta, la sciarpa al collo, un "borsalino" grigio, morbido come un piccione. Ma il suo odore di ricco pastore era lo stesso; e il viso bronzino, la bocca sorniona e sopratutto gli occhi di vecchio daino, riallacciarono intorno alla donna l'incanto del tempo che fu.

- Come mai? Come mai?

Le due mani, quella scura e grande dell'uomo, quella piccola e ancora rosea della donna, si stringevano e si scuotevano a vicenda, accompagnando domande, risposte, rallegramenti.

- Eh, che vuole donna Brigida? Capricci da vecchio.

- Ma che vecchio! Se sembrate un fidanzato. E come ci siamo fatti eleganti!

Egli sollevò la falda del cappotto per farne valere meglio la fodera: ma guardava i suoi vestiti con benevolo sarcasmo. Poi domandò:

- *E sos pizzinnos?*

- I bambini? - grida donna Brigida, coi grandi occhi neri attoniti. - Ma se sono già laureati.

E Agostina, che ascolta trepida dietro l'uscio, si mette a ridere immaginandosi il dottor Attilio e il professor Panfilo ancora col grembiale nero di scuola.

- La bambina, è sperabile, sarà ancora tale - riprese l'uomo, accostando l'uno all'altro i ponti ancora neri delle sue sopracciglia, come per varcare meglio il fiume del tempo. - Le mie ragazze le mandano un regalo: scuserà se è cosa da poco, ma l'intenzione è stata grande. Non è a casa?

- Anche la bambina è a scuola: è piccola d'anni, sì, ma si è fatta alta e forte.

Il dono, tuttavia, era adatto per lei: e quando l'ospite trasse la prima scatola dalla bisaccia e l'aprì, il rosso di scarlatto, l'azzurro denso, il giallo e il verde dei ricami arcaici che decoravano la borsetta sarda ricordarono a donna Brigida e all'occhio che spiava dall'uscio, la processione del *Corpus Domini*, con le donne e gli uomini in costume, gli stendardi, la primavera sui monti, la fede, la speranza, la fanciullezza, l'amore.

- Come sarà contenta la bambina: grazie, grazie. Agostina, vieni a vedere.

Agostina entra, ringrazia anche lei. E la pace è fatta.

- Questo è per lei, donna Brigida: roba fatta in casa: s'intende, accettare sempre la buona intenzione.

- Se di queste buone intenzioni fosse lastricata la via dell'inferno!

Donna Brigida giunse le mani, adorando, piegata sulla seconda scatola, molto più grande della prima, e sotto il cui strato di carta velina gli amaretti freschi, color sabbia con incrostazioni d'oro, si stendevano davvero come un campione di lastrico quale se ne vede nei sogni.

Ma a toccarne uno, come fece donna Brigida dietro l'insistente invito dell'ospite, si tornò alla più chiara realtà. E la stessa Agostina, che non aveva più un solo dente molare, dichiarò che sembravano di crema di mandorle.

- E adesso veniamo al sodo. Qui, veramente, un po' di buona intenzione c'è stata. È morto appena da avant'ieri: vede, l'occhio sembra ancora vivo. Ma sarà meglio che andiamo in cucina. Tu, vecchia, lo reggerai per una zampa, ed io lo squarterò. Non ce l'hai un coltello a serramanico? Bene, ce l'ho io, se Dio vuole e il passaporto lo permette.

Le donne guardavano adesso un po' disorientate il grosso porchetto ancora sanguinante che veniva fuori a stento dalla guaina della bisaccia. L'intenzione era stata certamente ottima, ma forse oltrepassava alquanto il limite. Non è facile mettere al fuoco, in una linda piccola cucina moderna, un porchetto di otto chili.

- Niente paura: andiamo in cucina - incoraggiò l'ospite; e sollevò il porchetto, che, con le zampe stroncate, le orecchie pendenti, il muso rassegnato, si abbandonava alla sua sorte.

Fu deposto sull'altare marmoreo della mensola dell'acquaio, e Sebastiano Minore, detto così per distinguerlo dal padre quasi centenario, si tolse cappotto e sciarpa e impugnò l'arma piccola e terribile, che piegata e chiusa nel suo manico di corno sembra un amuleto, e aperta può produrre la morte. Con essa, aiutato da Agostina, squartò la bestia.

- Questo pezzo, vecchia, lo farai arrosto, questo in umido, questo si può farlo anche fritto. E saziarsene. Dio ha creato il porco per il bene dell'uomo: tanto è vero che gli ha dato le ossa piccole, perché la carne se ne distacchi meglio, e tu le puoi sputare come i noccioli delle ciliege. Ma che fa, donna Brigida? Il caffè a me? Con le sue mani di dama? Ah, si vede che anche lei è rimasta una donna all'antica. Mi permetta, prima, di lavarmi gli artigli. Che bella cosa l'acqua in casa. Anche noi, adesso, ce l'abbiamo. Solo che, mentre prima si beveva l'acqua pura della fontana del monte, adesso abbiamo l'acqua calcarea che aiuta i vecchi ad andarsene all'altro mondo. E allora io, donna Brigida mia, sa che cosa faccio? Quando ho sete vado in cantina. Giusto, ho portato, in fondo alla bisaccia, anche una bottiglia di vernaccia per il commendatore.

Per tirar fuori la bottiglia tornarono nella sala da pranzo: e dopo la bottiglia vennero fuori altri doni, fra i quali una larga e grassa treccia di formaggio fresco passato al fuoco, che sembrava quella di una fata albina.

- Ma perché tutto questo, caro Bustianeddu, perché? Voi mi mortificate; e non so come ricambiarvi.

Ma egli tirò su la bisaccia vuota, l'arrotolò come un tappeto, la nascose sotto la credenza. Non aveva bisogno di ricambio, lui: poiché per il cuore dell'uomo generoso il solo compenso è la gioia di donare.

- Notizie del paese? - disse, rimettendosi a sedere accanto all'uscio. - Buone e cattive. Si lavora, si combatte contro il tempo e le stagioni, si nasce e si muore. Mio figlio Giovanni è malato di mal di cuore; mia nipote Paulina si sposa col segretario comunale. Abbiamo fabbricato un palazzo, non grande come questi di Roma, ma insomma capace di albergare tutta la discendenza; mio padre, però, si rifiuta di lasciare la sua vecchia casa. È un vero uomo all'antica, lui: non brontola contro le novità, è contento che i ragazzi e anche le ragazze vadano in città a studiare: lascia che le cose corrano per il loro verso; ma per conto suo se ne sta seduto sulla panchina di pietra, contro il muro assolato, e parla solo col suo bastone.

- Chi sta bene non si muove - sospirò donna Brigida. - E forse era meglio che anche noi fossimo rimasti in paese.

- No, no; il paese è buono per i vecchi; per i giovani occorre la città. Ed anche ai vecchi, a volte, viene la smania di muoversi, di andare in giro per il mondo. Teste matte non ne mancano neppure tra i vecchi: esempio il suo ospite d'oggi. E forse lei, donna

Brigida, pensava che io fossi venuto qui a disturbarla per ottenere una raccomandazione, o per andare da qualche avvocato o da qualche medico. Si sbaglia: io sono venuto per veder Roma.

- È di moda, adesso, difendere il leone. Buono, generoso, non attacca, anzi fugge l'uomo, a meno che non si tratti di difendersi. Ha persino paura delle spine. La sua terribilità consiste nella forza strapotente che Dio, o la natura, gli ha donato. Non esiste, negli animali, forza maggiore. Ma vedi come la natura è provvida: quando per nutrirsi o per difendersi il leone dà l'assalto alla sua vittima, sia pure, mettiamo, un poderoso vitello gli rompe con una sola zampata la spina dorsale, in modo che lo uccide immediatamente, senza farlo soffrire: poi gli succhia il sangue dalla gola, perché, anzitutto, ha sete, la famosa sete desertica: inoltre, pare gli piaccia la carne dissanguata. La faina, invece...

- Non hai storie più allegre, da raccontarmi, stasera? - dice l'amico, un poco stanco per la lunga giornata d'ufficio, ma pur beato della sua pipa, della tranquillità della saletta da pranzo, e sopra tutto della presenza del suo grande, furbo, soddisfatto amico. Implacabile, questi continuò:

- La faina, invece, così piccola, malleabile, anche graziosa a vedersi, salta sul dorso della sua vittima, per lo più la mite amabile lepre, e le si attacca alla nuca, succhiandole il sangue, mentre quella continua a correre. Così si fa anche una bella galoppata. E adesso, mio caro Giovannino, ti racconterò, come tu desideri, una storiella più allegra. Tua moglie...

- Ah, - mugola l'altro, mordendo il cannello della pipa coi suoi detestabili denti guasti, - la zampata del leone? Mia moglie s'è preso l'amante?

L'amico sorride, un forzato sorriso di satiro, mostrando i grandi denti d'alabastro, sani e forti.

- Si tratta di meglio: di molto meglio.

- Succhia, succhia pure il sangue del povero vitello.

L'amico scuote la testa, davvero leonina, guardando in alto: segue un silenzio crudele, mentre il marito, d'altronde separato legalmente dalla moglie, ha l'impressione, beffarda, sì, ma in fondo anche penosa, che un fatto catastrofico gli stia per accadere.

L'amico batte un pugno sulla tavola ancora apparecchiata, poi, sporgendosi misteriosamente in avanti, dice sottovoce:

- Ha firmato cambiali per duecentomila lire. A favore di quell'esimio chiacchierone che è suo fratello, tuo eccellentissimo cognato; il quale, dopo tante altre imprese, ha presentemente assunto quella di costruttore: costruttore di case e villini, in una zona ancora tranquilla, sebbene relativamente centrale: e li fa abbastanza bene, con materiale autentico; ma appunto per questo ci rimetterà senza dubbio: ci guadagneranno invece i compratori. Tua moglie perderà le sue duecentomila lire, come ha perduto tante altre belle cose, nella sua ancora breve ma assai movimentata esistenza.

Il marito alzò le spalle; provava quasi gusto nel pensare che quella donna bisbetica, nata per tormentarlo, finalmente avesse un degno castigo.

- E allora, quando lei avrà perduto tutto, vedrai che il tuo illustre cognato vi farà fare la pace: in parole povere, te la rifilerà.

Adesso fu l'altro a battere il pugno sulla tavola; ma sul serio, tanto che gli oggetti che vi erano sopra sussultarono come spaventati.

- Ah, questo no, poi, per dio santo.

E rise del suo spavento, tanto era sicuro di sé; ma il suo riso rassomigliava al tremolio panico delle tazze e dei bicchieri davanti a lui. Rise e disse:

- In fondo, chi ci perde è l'imbecille che ha accettato la sua firma.

- Come? Come? Chi ha versato le duecentomila lire è un individuo che ha bisogno di un villino, e vuole averlo senza le noie della costruzione a conto proprio; e giusto in quella zona convenientissima: quindi ne ha già ipotecato uno, dei migliori, e se lo prenderà, guadagnandoci qualche diecina di migliaia di lire: se lo prenderà, sì, come un maccherone ben condito, in punta di forchetta. E infine, certo di farti piacere, ti dirò che quell'uno sono io in persona.

L'altro spalancò i tondi occhi bovini; e rise ancora, ma senza cattiveria né derisione; anzi, per un istinto che neppure lui avrebbe saputo spiegare a sé stesso, piegò la testa, come doveva piegarla il vitello sotto la benevola zampata del leone.

Entrò la cameriera, portando il vassoio col bricco lucentissimo del caffè. Il padrone non usava prenderne; all'amico, invece, piaceva molto l'aromatica bevanda, come del resto gli piacevano tante altre cose eccitanti: e mentre la ragazza, dura e dritta più di un giovane tronco, e come questo odorosa di campagna, versava il fumante liquido color d'onice, egli si piegò anzitutto a sentire il profumo di questo, poi cominciò a sorseggiarlo, tenendolo in bocca come una cosa densa, e infine seguì con gli occhi la servetta. Il suo sguardo era freddo, però, e non andava oltre la superficie delle trecce stoppose raccolte sulla nuca pallida della ragazza, scivolando poi sul dorso possente stretto alla vita della veste nera da una sottile cinghia di cuoio rosso.

- Eccellente, questo caffè. Dove l'hai pescata, questa bruna scabrosa sfinge?

- Ah, un mio segreto. E non ti mettere in mente di farle la corte, perché è infrangibile.

- Non c'è pericolo! Non mi piace l'odore dell'acquaio. E poi quelle enormi mani di pietra pomice! Però è brava, no? Vedo che qui intorno c'è un ordine inverosimile.

- L'ordine c'è, come c'è nei cimiteri - ammise il marito, ma non con la dovuta tristezza. - La ragazza, sì, è bravissima. La mia tana, dopo che c'è lei, ha perduto l'odore e il subbuglio di quelle delle belve di lusso; dico volpi azzurre e lontre, poiché siamo in vena di parlare di bestie selvatiche. E la mia cameriera, a sua volta, è una bestia di servizio perfetta. Perfetta! - aggiunse l'infelice, beandosi della fortuna che il Signore, dopo tante traversie, forse appunto per ricompensarlo della sua lunga pazienza, della sua remissione, anche del suo nascosto dolore, gli aveva donato.

Con innocente malvagità, poiché sapeva che il suo amico era pur esso schiacciato da una famiglia e una casa disordinatissime, si compiacque di destargli invidia, raccontando le feconde virtù di Rosetta. Aveva anche un bel nome, la industriosa ragazza boschereccia; un nome primaverile: Rosetta Fiorelli; un difetto di pronunzia le impediva di cantare e chiacchierare: celava in corpo un bollente rancore contro gli uomini, scottata dal primo, dal secondo e forse dal terzo dei suoi infidi ricordatissimi innamorati: stirava magnificamente, anche a lucido: sapeva fare i cappelletti, i dolci ravioli; e poi religiosa, in modo che con lei non c'era bisogno di perdere la testa a fare i conti della spesa.

- Basta! - gridò imperiosamente l'amico. - Adesso sei tu che fai la parte della faina -. E si scosse tutto, toccandosi la nuca, come per liberarsi dal nemico.

L'altro rise un'ultima volta: rise tanto, che dovette togliersi i doppi occhiali d'alte diottrie, per asciugarsi gli occhi senza ciglia: da molto tempo non si era divertito così, con poco, con niente; sebbene sentisse che sotto quel tremolio di acqua luminosa si nascondeva un torbido fondo di pantano.

Poi parlarono di tante altre cose. L'amico era un uomo di affari: conosceva la vita, conosceva il mondo delle grandi città: o almeno credeva di conoscerlo; aveva passato l'estate nelle stazioni balneari e climatiche cosmopolite e sapeva quindi tante cose divertenti e orrende della gente oziosa; l'altro, anche lui, non scarseggiava di piccoli episodi utili da raccontarsi; e quando si trattava di attaccare un bottone all'amico, lo faceva senza pietà e senza scrupoli.

Tornò Rosetta, per portar via il vassoio col bricco lucente del caffè: e adesso l'ospite la guardò bene anche davanti: era brutta, sfrontatamente brutta, con un grande naso virile, il petto ossuto, le gambe, con le calze rossicce, simili a zamponi di maiale: ma quando egli, con la sua calda e sommessa voce sensuale, le domandò come si chiamava, ella socchiuse gli occhi che parevano due olive nere, e lo fissò; un attimo, come riconoscendo d'improvviso, in lui, un suo antico gradito domatore.

- È fatta - pensò il disgraziato padrone. - Adesso l'amico mi piglia anche la serva.

E non disse nulla, ma di nuovo si sentì come succhiare lentamente il sangue alla nuca, e gli parve di correre, di correre, di perdere a poco a poco la forza vitale, senza poter neppure pensare a reagire, a fermarsi, a liberarsi dall'incubo ineluttabile, simile in tutto alla vittima naturale della faina.

I DIAVOLI NEL QUARTIERE

Per oltre un anno, la pace più celestiale regnò nel quartiere che si abitava prima di venire in questo. Fra la nostra e le case dei vicini sorgeva un villino a due piani, con una striscia di giardino davanti, completamente disabitato. I proprietari lo avevano fatto ripulire, da cima a fondo, con l'intenzione di venderlo; ma poiché ne pretendevano un prezzo esagerato, nessuno si presentava a comprarlo. Padroni, per adesso, ne erano i gatti del vicinato, che, dopo le loro feroci lotte amorose, si sdraiavano sulle gramigne delle aiuole o s'arrampicavano fino alla loggia del pian terreno. Scacciati dagli altri giardini, convenivano tutti lì, e i loro baccanali notturni erano il solo chiasso che disturbava i nostri pacifici sonni: ma un bicchiere d'acqua, lanciato dalla finestra dalla nostra intrepida cameriera, li metteva in fuga, destando, in quelle prime chiare notti di marzo, le tremule risate delle altre giovani ancelle, che coglievano ogni pretesto per affacciarsi in camicia alle loro finestre.

Di giorno, invece, un silenzio quasi campestre allietava i nostri dintorni; e tutti si guardava come un'ara di pace la casetta tranquilla, col suo giardino inselvatichito, le imposte chiuse, sulle quali il sole s'indugiava spiando.

Verso la fine di marzo si venne però a sapere che era stata venduta: e l'incanto cessò. Chiassosi operai la invasero: il segreto delle finestre fu rudemente violato; scale, corde, carrucole la cinsero con un assalto devastatore.

Intervenne anche un giardiniere che, con grandi arie, circondò le piccole aiuole di frammenti di mattoni, vi piantò le banalissime viole del pensiero, e sui viali ripuliti dalle gramigne sparse uno strato di volgare sabbia gialla che, quando cominciò a piovere, diede al già poetico giardinetto un aspetto fangoso e triste. I nuovi proprietari ancora non si vedevano: erano in viaggio, diceva la nostra bene informata cameriera: venivano dall'America o dalle Indie (per lei era lo stesso) con molti quattrini in tasca.

E già prima del loro arrivo, e precisamente a proposito della loro ricchezza, e sopratutto della loro identità, cominciarono i dissidi e le questioni fra i nostri vicini di casa, o meglio fra le rispettive donne di servizio e i ragazzini e le ragazzine che erano al loro seguito. Si discuteva sulla nazionalità dei personaggi che dovevano arrivare, e alcuni mettevano in dubbio la loro ricchezza (se veramente facoltosi, avrebbero dovuto far costruire anche un "garage" e una scala di servizio); persino sulla loro religione si farneticava, sul loro linguaggio, sul colore della loro pelle. Grande fu quindi lo stupore di tutti quando una mattina si vide arrivare una preistorica *botticella*, dalla quale scese, con una sola valigia coperta d'una fodera gialla, un uomo di mezza età, smilzo, con uno spolverino molto usato e le scarpe impolverate. A dire il vero, dal suo profilo scuro e camuso, e dal corruscare degli occhi bianchi e neri, si sarebbe detto un mulatto; e uno studentello, dopo averlo sentito parlare col vetturino, affermò che il suo accento era spiccatamente brasiliano. Accento, aggiunse la nostra saputella cameriera, che si rassomiglia molto a quello napoletano.

Per alcuni giorni rimase delusa la legittima curiosità dei vicini di casa del brasiliano: così il nuovo proprietario del villino fu denominato. Neppure una scimmietta egli aveva portato con sé: neppure un pappagallo. E i gatti continuarono a godersi il suo giardino, fatti adesso silenziosi dall'amore appagato e dai primi calori primaverili. Ma fu come il silenzio che precede la tempesta. Ritornarono gli operai impertinenti, fu aperto un nuovo cancello nel giardino, e questo venne diviso in due da una rete metallica. Si capì subito che il presunto milionario affittava il piano superiore della sua casa, concedendo agli inquilini un ingresso libero. E ben diverso fu il loro arrivo da quello di lui: un camion rosso, che pareva il carro del diavolo, portò i loro mobili sgangherati, in mezzo ai quali, come un idolo di popoli antropofagi, stava una ragazzina negra, negra autentica, con in grembo un bambino di pochi mesi, sul cui visetto gonfio ella chinava la testa scarmigliata quasi a volerselo davvero mangiare. Era la bambinaia della famiglia che veniva ad abitare il villino, e, manco a farlo apposta, si chiamava Fatima.

In breve questa Fatima fu in realtà l'idolo del quartiere: tutti la fermavano, mentre ella portava in giro la carrozzella a mano con dentro il bambino che si succhiava i pugni: e lei rispondeva a tutti con un linguaggio strano e gutturale che ricordava i gridi delle scimmie.

Nessuno capiva le sue parole, ma dovevano capirle bene i suoi padroni e il proprietario della casa, perché fu da certi suoi pettegolezzi che scaturì la prima scintilla di un loro dissidio fatale: dissidio che una mattina di maggio scoppiò in lite volgare e violenta. Fu da prima, giù nel giardinetto, da una parte e dall'altra della rete di divisione, un bisbiglio lento e sommesso: poi una voce di donna si sollevò, con timbro di soprano arrochito: solo che la collana dei suoi versi era composta dei più classici vituperî che possano villanamente concepirsi. Allora le voci degli uomini rombarono impetuose, e il pianto del bambino, che la donna teneva in braccio, unì il terzetto selvaggio col filo del suo lamento.

Con sadica curiosità, i vicini di casa stavano ad ascoltare: seppero così i miserabili fatti di quelli che avevano creduto grandi e ricchi signori: e la vicenda, una volta tanto, sarebbe stata divertente se non si fosse ripetuta spesso, per lo più nelle ore quiete del mattino, disturbando il sonno dei nottambuli, dei malati, delle signorine dormiglione. Fu quindi un inveire, un protestare, un comune allacciarsi per parlare male dei molesti intrusi; con la solidarietà della servetta negra, che aveva appreso le più caratteristiche imprecazioni romanesche e le indirizzava senz'altro ai suoi padroni e al proprietario del loro appartamento.

Una domenica, nel pomeriggio, dopo che la mattina quei signori, invece di recarsi alla santa messa, avevano litigato più aspramente del solito, sputandosi attraverso la reticella del giardino, buttandosi sassi, minacciandosi di querela, di sfratto, persino di morte, Fatima, tutta vestita di rosso, andò al cinematografo con la nostra elegante cameriera. Al ritorno, questa sorrideva diabolicamente, con gli occhi di solito cattivi, adesso lieti di una beatitudine perversa. Dice:

- Fatima, che poi non è stupida come pare, avrebbe trovato il modo di far cessare lo scandalo. Vedrà, signora, che spasso. Ma non bisogna dirlo a nessuno. E poi, se la cosa riesce, lei, signora, dovrebbe regalare a Fatima il suo cappellino verde.

Vada pure per il cappellino verde, sebbene io ci fossi affezionata, perché lo possedevo e me lo godevo da ben quattro primavere.

Quasi prevedessero il giusto castigo, per alcuni giorni i litigiosi nostri vicini di casa non si fecero vivi: o, meglio, sì, la mattina presto si sentivano nella parte destra del giardinetto gli strilli argentini del bambino, che la sua mamma portava in braccio per fargli respirare l'aria buona; ed erano piccoli gridi che invero facevano piacere a sentirli; si confondevano col canto degli uccelli e rivelavano la gioia istintiva di un essere che si apriva all'ebbrezza di vivere. Ma si udirono un'ultima volta quella fatale mattina del Corpus Domini, quando le campane della chiesetta del quartiere squillavano come sonagli, diffondendo un'allegria villereccia nelle nostre strade quiete; e nell'insolito prolungato sonno della vacanza gli stanchi impiegati sognavano di trovarsi ancora nel paesetto natio, con la bella fanciullezza chiusa nei roridi pugni. Da strilli di gioia si mutarono in gridi di spavento: vibrarono ancora fra gli urli dei forsennati litiganti, e infine tacquero. Tacquero anche le voci folli dei grandi e, nel silenzio impressionante, si sentì come uno scroscio violento di pioggia. Poi fu di nuovo la voce del brasiliano, a urlare come un ruggito di belva; ma non gli rispose che la risata beffarda della nostra cameriera, di dietro le persiane della sua finestra.

Più tardi si seppe che qualcuno, collocato sul parapetto della terrazza il catino per il bucato, riempito d'acqua, al momento opportuno, con un'abile spinta, lo aveva fatto diluviare sulla testa dei litiganti.

Chi ne andò di mezzo fu il povero piccolino, che per lo spavento e il bagno freddo si prese una polmonite e dopo tre giorni morì.

Allora fu vista Fatima, che si era nascosta nella soffitta, uscirne arruffata e nuvolosa e, piegato il viso unto sulla carrozzella vuota, piangere tutte le sue lagrime di coccodrillo.

Il signor Poldino ricordava di aver sentito dire da sua madre che se uno, entrando per la prima volta in una chiesa, domanda fervidamente una grazia, questa gli viene concessa.

Di grazie, il signor Poldino, non ne aveva mai chieste, né in chiesa né fuori, poiché tutto e sempre gli era stato accordato dalla fortuna: benessere morale e materiale, onori, una moglie amata e fedele, figli e nipoti bravi e tutti ben sistemati; e infine anni ed anni di salute e di tranquillità di coscienza.

Adesso ne contava ottanta, come a dire ottanta perle di una stessa collana, intatta e di sempre maggior valore, da lasciarsi in eredità di esempio ai discendenti: ma aveva bisogno di una grazia.

Quale, però, la chiesa che egli non conoscesse, nella città e dintorni? Tutte, le conosceva, se non come penetrato credente, come amatore di monumenti antichi e moderni: da venti anni a questa parte, anzi, dopo che si era completamente ritirato a vita privata, non faceva altro che girare di chiesa in chiesa, ascoltando messe solenni, prediche, musiche; studiando colonne, tombe, vetrate e vôlte: e gli pareva di averle, queste chiese, una per una, come certi santi, sulla palma della sua mano. Ma da qualche tempo non usciva quasi più di casa, e adesso ricordava di aver sentito un giorno la moglie parlare di una chiesetta, una specie di oratorio, che certe suore facevano costruire a fianco del loro convento, in un parco di loro proprietà. Questa chiesetta doveva essere già finita, e non troppo distante dal quartiere dove egli abitava: ad ogni modo era bene informarsi con maggior precisione dalla moglie.

La moglie era a letto, gravemente malata di cuore; i dottori dicevano che poteva morire da un momento all'altro. Per questa ragione il signor Poldino, pure fingendo con lei di non essere preoccupato e di proseguire nel suo solito tenore di vita, non usciva più di casa, e di giorno in giorno si sentiva anche lui mancare il cuore come quello della sua compagna. Sempre per parere dei dottori, ella veniva lasciata tranquilla nella sua grande camera ariosa, vigilata da una suora bianca che pareva fabbricata con la neve. Ma il signor Poldino, fermo in permanenza nella sala attigua, ne sentiva ogni respiro, ogni ansito: e quando ne aveva il permesso dai medici, nei momenti di tregua del male, andava a sedersi accanto al grande letto dove la moglie, sollevata sui guanciali, piccola e scarna, tutta occhi e con le sopracciglia ancora nere, sembrava una bambina d'un tratto invecchiatasi per un fenomeno crudele della natura.

E si guardavano, senza parlare; oppure, a un cenno di lei, parlava solo lui, raccontando di essere andato a spasso, di aver mangiato e bevuto bene, o di aver letto un bel libro. Tutte bugie, che però, come piccole rammendature, fermavano per un poco l'inesorabile logorarsi della vita dei due vecchi sposi.

Quel giorno, appunto, i dottori avevano dato al signor Poldino il permesso di fare un po' di compagnia alla moglie. Egli dunque lasciò l'angolo della stanza dove passava i giorni e spesso anche le notti, ed entrò nella camera nuziale. Sì, proprio nuziale, poiché ancora era quella: e quello il talamo, dove fino a pochi mesi prima egli aveva, per circa mezzo secolo, passato la notte con la sua compagna; quello lo specchio di Murano, che li aveva riflessi al ritorno dallo sposalizio, nitido e fermo ancora come la loro fedeltà. E ancora una volta li riflette, ella appoggiata ai guanciali, sul cui candore il candore dei suoi capelli increspati segna come un festone di trina; egli seduto accanto al letto, col braccio teso sul lenzuolo, verso la mano di lei.

Disse, sottovoce, quasi comunicandole un segreto:

- Oggi va proprio bene. Il professore così assicura, e molto mi ha confortato. Abbiamo anche fatto una bella passeggiatina.

E scuoteva la testa, ammiccando. Ella lo fissava, con gli occhi azzurri, lontani, che a lui sembravano sempre quelli della loro giovinezza; ma teneva le labbra chiuse, bianche, immobili. Egli le prese la mano, la tenne nella sua: e ne sentiva le ossa sottili come quelle di un uccellino morto. Riprese:

- Sì, sono uscito; ho fatto un giretto, qui nei dintorni. Continuano a costruire; sempre palazzi, e sempre nuovi negozi: ogni porta una bottega. Toh, hanno aperto, qui nell'angolo, anche una macelleria per carne equina; e bisogna vedere che insegna; sembra quella di un gioielliere. Sono poi andato giù, fino alla piazza nuova: volevo anche vedere quella chiesetta delle suore, della quale tu mi parlavi: però non sono riuscito a trovarla.

Gli occhi di lei si ravvivarono, per un attimo; la sua mano si sollevò, verso la suora; e, dopo essere accorsa con un silenzioso volo di colomba, la suora rispose per lei:

- La chiesetta? Dalla piazza non si vede: bisogna svoltare più su, lungo il muro del parco delle suore: è dietro, a destra.

- Ah, ho capito: grazie.

La suora fece un lieve inchino; poi se ne andò: anzi, profittando della presenza del signor Poldino, si allontanò dalla camera.

La camera, poiché il sole era già tramontato, si riempiva come di un chiarore di ceri accesi. Dalla finestra spalancata si vedeva la grande terrazza di un palazzo di fronte, piena di fiori come un giardino pensile sospeso sul cielo rosso. Gli occhi della malata, adesso, guardavano lassù, ed anche il signor Poldino non poteva fare a meno di guardarci. E pensava che forse quella era l'ora buona per recarsi alla chiesetta - l'ora del vespero, quando la Madre del Signore meglio raccoglie le preghiere degli uomini. Ma si sentiva stanco, per tutte quelle ultime notti, e gli ultimi giorni passati in ansia continua; inoltre si stava tanto bene lì, appoggiato al letto come alla prora di una barca navigante in un luminoso golfo di pace: lì, accanto alla sua compagna, unite le mani, come sempre nella loro lunga felicità.

Però la preghiera è più esaudita se si fa con spirito di sacrifizio. Quando dunque la terrazza di fronte apparve tutta d'oro e di rubino, come un altare all'ora del vespero, egli si alzò e andò nella chiesetta. Il viaggio fu alquanto difficile, perché già era quasi notte e la strada, lungo il muro del parco, diventava tortuosa, con buche e scaglioni che facevano inciampare il signor Poldino. Ma ecco finalmente la chiesetta: la porta, anzi, era spalancata, e in fondo si vedeva l'altare, che rassomigliava davvero alla terrazza di fronte alla finestra della malata.

Egli sedette sulla prima panca che gli capitò: avrebbe voluto inginocchiarsi ma non poteva: sentiva un grave malessere, un mancamento di respiro; e nello stesso tempo una gioia mai provata. Recitò con fervore l'Avemaria, cercando di rievocare la voce stessa dell'Angelo annunziatore, poi domandò la grazia.

- Fra giorni sono cinquant'anni che io e Mariolina ci siamo sposati. Vergine Santa, Madre di Dio, Sposa di tutti gli uomini che soffrono, concedimi di celebrare le nozze d'oro assieme con la mia diletta. Amen.

Quando la suora infermiera, non vedendo uscire dalla camera il signor Poldino, vi rientrò silenziosa, vide la finestra ancora aperta, e sullo sfondo viola, su una colonnina della terrazza, una lucerna d'argento: era la luna nuova.

I due vecchi sposi stavano lì, con le mani strette, gli occhi aperti verso il cielo: e prima di chiamare i famigliari, la suora chiuse loro questi occhi, che adesso si guardavano nell'eternità, lieti per la grazia ricevuta.

LA TOMBA DELLA LEPRE

Fino a quel giorno, i due fratelli Corsini erano sempre andati d'accordo, specialmente nel fare birbonate. E avevano appunto finito di commetterne una, nel castagneto, sotto l'albergo che li ospitava con la loro famiglia, quando, scendendo precipitosa, ma non molto, lungo il rivoletto col quale pareva misurare la sua corsa, apparve una signorina vestita di bianco. I Corsini notarono subito i suoi piedi grandi, entro le scarpe di camoscio, e le nude gambe di bronzo dorate di una lieve peluria; ma a misura che ella scendeva e si alzava davanti a loro, piccoli ed esili, un senso di ammirazione quasi panica li irrigidì. Il più grande si fece pallido: la smorfia che già fioriva sulla bocca del più piccolo sfumò in un sorriso melenso: poiché da quel piedistallo di gambe maschie si slanciava un bel corpo, pieno ed agile nello stesso tempo; e dal collo perfetto sbocciava una testa meravigliosamente infantile. Anche lei si fermò, senza troppo badare a loro, e si guardò attorno, in basso e in alto, scuotendo indietro i capelli, di un nero azzurrognolo come i grappoli dell'uva di mare; mentre le alte sopracciglia e gli occhi scuri a mandorla avevano un moto e un baleno di ostilità. Forse non le garbava l'incontro coi due fratelli, vestiti come pastorelli da cartolina illustrata, altrettanto curiosi e sbalorditi: e accennava a riprendere la sua esplorazione lungo il ruscello, quando una voce, chiara e metallica, chiamò dall'alto:

- Gina! Ginetta!

Ella si guarda bene dal rispondere: ma il più piccolo dei Corsini, intuendo che la bella incognita è anche lei fuori della legge familiare, si fa d'improvviso ardito, come uno di quegli insetti che per paura di essere presi si fingono morti, e, passato il pericolo, riprendono a svolazzare.

- Chiamano lei, signorina?

Ella fa un moto, come per dire: «E a lei che gliene importa?», ma poi torna a scuotere i capelli, raccoglie il respiro, risponde con voce tonante:

- Mamma! Sono qui; vengo subito.

La madre ha un bell'aspettare: Ginetta non segue più il corso del rio, ma neppure pensa di risalirlo; si attacca con le braccia vigorose a un basso ramo di castagno e guarda dall'alto i due fratelli e un misterioso mucchio di foglie covato dal maggiore di essi. Domanda con degnazione:

- Come vi chiamate, voi?

Pronti, i fratelli rispondono assieme:

- Corso Corsini.

- Corsino Corsini.

- Corriamo, corriamo - ella dice ridendo; poi si frena.

- Quanti anni avete?

- Io undici; mio fratello tredici.

Quello che adesso risponde, - poiché l'altro è alquanto offeso, - è il fratello minore, il melenso, che ha di qua e di là della fronte, fin sopra l'azzurro pigro degli occhi, due nastri sfrangiati di capelli color zolfo. Eppure è lui che attira maggiormente l'attenzione di Ginetta; a lui ella dice, senza essere interrogata:

- Ed io ho quattordici anni; in tutti e tre non abbiamo ancora l'età della mia mamma.

Quest'addizione li stupisce; poi li fa ridere, anche il maggiore. E già un'intesa amichevole li unisce, quando la voce dall'alto ricomincia a chiamare disperata.

- Aspettatemi un momento: vado e vengo - dice Ginetta; e vola su, tenendosi con la punta delle dita i lembi della sottana, come una ballerina vestita di piume di cigno.

Rimasti soli, il maggiore batté la mano sulla spalla del piccolo: parve dirgli:

- Oh, fratello, e adesso che cosa si fa?

- Aspettiamo un momento.

Aspettarono, piegati sopra il mucchio di foglie, ma con gli occhi rivolti in alto, donde scendeva, fra due bordi vellutati di musco, il rivoletto azzurro. Ma l'apparizione non tornava. Stanco di aspettare, il fratello minore disse:

- Lasciamo tutto così. Dopo colazione, magari, si torna.

L'altro sogghignò:

- Davvero? E se intanto qualcuno scopre la cosa?

- E lascia che scopra. Noi si dice di no.

- Davvero? E allora viene accusato qualche altro. E io non voglio. Tu sai che in questo luogo è severamente proibito di molestare e di uccidere le bestie. Un giovinotto che aveva sparato contro gli uccellini è stato pregato di lasciare l'albergo. Figurati poi se sanno che è stato ucciso un leprotto!

Il piccolo cercò una fronda e la sbatté con una certa insolenza contro il fratello.

- E allora, - disse con voce di accusa, - perché hai voluto tu fare la tagliuola? Proprio tu, Corso Corsini?

- Oh, non farmi del male, stupido. Io non volevo uccidere il leprotto. Lui veniva qui, a bere: stava tranquillo, a pulirsi il muso con le zampe, come fanno i gatti. Non aveva paura di noi, perché qui le bestie non hanno paura della gente. E io volevo prenderlo vivo, per toccarlo, per addomesticarlo.

- E allora perché hai fatto la tagliuola?

Il fratello, che parlava sommesso e pentito, cominciò a irritarsi.

- Imbecille che altro non sei.

- Imbecille, a me? Ritira la parola.

Un po' scherzava, il minore, un po' continuava a sbattere la fronda contro le gambe del fratello. Ma d'improvviso gli occhi dolci e perlati di questi s'incupirono tempestosi; la voce, già maschia, gridò:

- Smettila, sì, imbecille. Tu sai che non dico bugie. Il leprotto è stato preso dalla tagliuola, sì, ma è morto dal freddo, stanotte, forse anche dallo spavento.

- Dallo spavento, oh, Dio! - fece l'altro, crudelmente ironico: e si contorse, si passò le mani dietro le orecchie, come con le zampe usava il leprotto fidente; poi si lasciò cadere lungo stecchito sul muschio della china.

Ebbene, Corso, il forte, il dritto, credette che il fratello fosse davvero svenuto. Lo scosse; lo chiamò: l'altro si divertiva a spaventarlo, finché, per timore che tornasse la signorina, non mise fine alla commedia. Sghignazzando si alzò e con la fronda tentò di frugare nel mucchio; ma adesso Corso perdeva la pazienza; lo prese quindi a spintoni e lo fece ruzzolare un bel po' giù per la china. E deciso di fare tutto da sé, per nascondere il corpo del reato, trasse dalla tomba improvvisata il leprotto morto con la tagliola ancora attaccata alla zampa, se lo strinse fra le braccia e andò più in là, nel fitto degli alberi, dove l'ombra sul muschio quasi nero del terreno, e qua e là qualche argentea fiammella di luce, avevano un non so che di addobbo funebre. Ai piedi di un tronco, il colpevole tenta di scavare una buca; l'impresa non è facile, poiché bisogna prima scorticare il muschio dalla terra, che è molto dura; ma egli si aiuta come può, con le unghie, coi legni della tagliuola, con un suo coltellino prezioso: intanto, intorno al leprotto che pare imbalsamato, con le lunghe orecchie ancora dritte d'angoscia e gli occhi aperti, duri e striati di nero, va adunandosi un misterioso popolo di farfalle e d'insetti, sbucati non si sa da dove; e lo sfiorano, se ne vanno, tornano, come non convinti che un misfatto di quel genere sia stato commesso nel loro regno.

Corso scavava, mordendosi la lingua e digrignando i denti, col desiderio di aiutarsi anche con essi. Nell'ansia aveva dimenticato l'apparizione, mentre in fondo era più che altro per paura del cattivo giudizio di Ginetta che egli tentava di nascondere la sua vittima; ed ecco, la buca era già abbastanza lunga e profonda per l'occorrenza, quando, sollevandosi con un sospiro, vide il fratello, il suo Caino, correre verso di lui, seguito dalla nuvola bianca del vestito della fanciulla.

Un subito coraggio lo strinse però in una corazza infrangibile. Sedette con le spalle contro il tronco e sollevò gli occhi con un baleno di sfida: aspettava il giudizio; aspettava anche la morte, pur di non apparire un codardo, un vile uccisore di lepri di nido.

Mentre l'altro fratello emetteva gridi belluini, Ginetta, silenziosa, si aggirò come gli insetti e le farfalle intorno al leprotto: prima di pronunziarsi, pareva cercasse i segni del sangue e del delitto: poi prese la vittima per un orecchio e la fece girare intorno a sé stessa: infine cominciò a girare anche lei, intorno al tronco, con una danza macabra che disgustò e addolorò il colpevole. Ma forse era davvero questo il suo castigo: la prima rivelazione della crudeltà umana.

Si alzò, dignitoso; disse:

- Mi dia il leprotto, signorina: bisogna nasconderlo, perché qui è proibito uccidere le bestie.

Ella fece saltare in aria la vittima; la riprese fra le mani, la palpò.

- Ma questo non è stato ucciso: è morto di freddo: è buono da mangiarsi.

- Sì, sì, - gridò il piccolo, - lo si scuoia, si fa il fuoco e lo si arrostisce.

L'impresa era bella, i fiammiferi pronti. Ma per Corso fu un nuovo disastro: con una mossa violenta tolse il leprotto dalle mani della fanciulla, lo mise nella buca, vi ammucchiò la terra, vi pestò su i piedi, con rabbia, e con un amaro senso di vittoria. E allungava le braccia coi pugni stretti, sfidando chiunque ad avvicinarsi: chiunque, fosse pure l'alta e forte Ginetta, contro la quale, anzi, egli sentiva un desiderio di lotta, un istinto di odio, solo perché ella rappresentava la realtà della vita.

STORIA D'UNA COPERTA

Ogni volta che veniva in casa nostra la zia Rosaspina ci metteva la testa in subbuglio. Per fortuna veniva di rado, perché abitava distante da noi, quasi fuori del paese, in un'antica casa di sua proprietà, in mezzo a un grande orto fantastico, i cui cavoli fiori, di questa stagione, sembravano lune piene, e in primavera radioso di crocos coltivati, di eserciti di asparagi col cappuccio viola, e sopratutto di altissimi ciliegi, gioia di uccelli e spasimo di ragazzi errabondi.

Viveva sola con una contadina che le coltivava l'orto e faceva anche da cane da guardia: una donna fedele, piccola e maschia, che fumava la pipa e, all'occorrenza, sapeva sparare l'archibugio. La zia Rosaspina, invece, era alta, gentildonna di razza; ancora bella; ma il suo nome giustificava il suo carattere, perché era scontrosa e pungente, di una virtù esasperante: e, forse appunto perché perfetta lei, trovava da ridire su tutto e su tutti; e non le sfuggiva un'ombra del nostro più intimo non dritto pensiero. Le sue parabole, i suoi esempi, le sue profezie avevano spesso un colore d'Apocalisse: è vero, però, che ci destavano terrore e malessere perché basati su un fondo monolitico di verità e di esperienza.

Ecco che un giorno ella viene e vede, sul nostro letto matrimoniale, una coperta nuova, di seta verde, che ha ancora il segno delle pieghe e l'odore della stoffa appena uscita dalla fabbrica. La camera ne è tutta illuminata come da un riflesso di primavera, e gli oggetti, anche i più umili, se ne rallegrano. Il pino, davanti alla vetrata della loggia, sembra quasi geloso, e fa di tutto per essere anche lui più verde del solito. Chi non si rallegra è la zia Rosaspina: anzi il suo viso si fa più austero, e i suoi occhi pare raccolgano anch'essi una luce verdastra, ma cattiva e arcigna.

- Ebbene, - domanda, - e la coperta bianca, che ti aveva lasciato tua madre?

- L'abbiamo messa via, s'intende: mica è stata venduta.

Si tenta invano di pigliare le cose alla leggera, con la zia Rosaspina: ella non capisce lo scherzo, come, d'altronde, anche il nostro proavo don Michele Berchitta, che, andato all'inferno (appena morto), al diavolo che col forcone lo spingeva verso il fuoco eterno disse sdegnoso: «Oh, piano con le confidenze; io non amo gli scherzi».

- Vuol dire, - prosegue la zia Rosaspina, - che voi disprezzate le cose sacre e amate le novità moderne. E che avete anche soldi da buttar via, mentre c'è tanta gente che muore di freddo e di fame. Bene, bene: purché Dio non si offenda e... e...

Volse le spalle al letto, uscendo dalla camera con un'andatura di cavalla imbizzarrita; e non volle neppure accettare la solita tazza di caffè, che tanto le piaceva: ma prima di andarsene non poté trattenersi dal concludere:

- Purché quella coperta non porti disgrazia!

Io le feci dietro le corna; e non bastando questo toccai il piccolo chiodo storto che sempre ho in tasca; e neppure sicura del chiodo, per quanto affetto ed anche ammirazione sentissi per lei, aggiunsi fra di me: «Crepi l'astrologo».

Eppure fu proprio quel giorno che, dopo la solita siesta, mi alzai con un forte dolore alle spalle; un dolore sordo, che penetrava fino al petto e produceva un raschiamento di gola con un rigurgito di sapore aspro e amaro: mi pareva di aver ingoiato del verderame e che l'odore della coperta mi stagnasse nella cavità del naso. Pensai alla zia e al suo malaugurio, ma anche al freddo sentito alle spalle il giorno prima, in una gita in campagna.

Aumentando il male ritornai a letto, e si mandò a chiamare il dottore. Era un nostro buon amico, il dottore, e quando veniva a trovarci per semplice visita voleva sempre un bicchiere di vino spumante per augurarci buona salute e lunga vita. Ma non fu lui che precisamente questa volta venne: forse non era in paese, e mandava un suo sostituto: il quale arrivò verso sera, ed entrò in modo insolito e strano nella mia camera silenziosa.

La sua figura altissima, più che altro per le lunghe gambe che parevano di legno, apparve da prima nel vano della vetrata del balcone, in mezzo ai rami del pino che si anneriva sullo sfondo color rame del cielo. Anche la barba del dottore era di quel colore, ispida come gli aghi del pino; ma lasciava scoperta una grande bocca sensuale e buona, da satiro melanconico. Questi particolari li osservai quando egli, dopo essersi avanzato silenzioso, si piegò per toccarmi la fronte e poi tastarmi il polso con la mano straordinariamente piccola per quel suo corpaccio gigantesco. Poi mi fece sedere e attaccò sulle mie spalle nude il suo orecchio freddo e duro, che mi diede l'impressione di essermi appoggiata all'ingresso di una grotta.

Quando fui di nuovo distesa, egli disse, con una voce gutturale e sommessa che combinava a perfezione con la sua figura stramba:

- Lei non ha niente, signora. Solo, forse, un po' di febbre reumatica: però bisogna tenersi riguardati, con questi tempi; può sopraggiungere la bronchite o la polmonite. Non si scherza con l'umido: lo so ben io che sono il medico della Maremma e ho sempre da fare con boscaiuoli, pescatori e cacciatori.

Io lo guardavo senza poter parlare: mi pareva di vederlo campeggiare sullo sfondo di un quadro preistorico; poiché egli proseguiva:

- È bene curare questi malanni con gli infusi e i cataplasmi di erbe: malva, malva! E anche jusquiamo, camomilla, parietaria e senape: anche la cera vergine è buona in certi casi, come l'otite; e la ruta per gli occhi, e l'acqua di mandorle pestate: questa fa per lei: è buona come il latte appena munto. E stare a letto, - concluse, - ben coperti e al caldo. Lei è poco coperta, mi pare.

Palpò le coltri, piegandosi per fiutare l'odore del drappo nuovo: il suo grosso naso camuso si arricciò:

- Che brutto odore - disse: - cambi questa coperta, che sa di ammoniaca e di anilina: è roba velenosa.

Se ne andò come era venuto, silenzioso e solo. Ma perché nessuno era accorso a riceverlo, a interrogarlo? Cominciavo a sdegnarmi per l'abbandono in cui mi si lasciava, quando una ridda di figure una più deforme e paurosa dell'altra volteggiò per la camera ancora illuminata dal chiarore giallo della vetrata: erano i selvatici clienti del dottore, tutti con barbe rosse come la sua; boscaiuoli con la scure, pescatori con le fiocine, cacciatori con l'arco! E la coperta mi pareva una palude verdastra, immobile e funebre.

- Ho certamente la febbre - pensai, tentando di liberarmi dall'incubo.

- E che febbre, - disse una settimana dopo mio marito; - è arrivata a quarantadue gradi. Adesso che il pericolo è passato, te lo si può anche dire.

Poiché bisogna aggiungere che il medico della Maremma, venuto a visitarmi nei sogni del delirio, non aveva indovinato il mio male; che era una brava polmonite doppia.

Sì, il pericolo era passato; ma la convalescenza fu lunga; e, venuta la zia Rosaspina a trovarmi, le dissi:

- E portatevi dunque via la malaugurata coperta: non la voglio più; datela a qualche povero che soffre il freddo e non sente l'odore dell'ammoniaca.

- Va bene, - risponde lei con la sua voce lenta, - la daremo alla lotteria per i poveri della parrocchia: anzi ho qui alcuni biglietti che voi dovreste acquistare. Porto via subito la coperta.

Presi i biglietti: e, il giorno della lotteria, non la vinsi proprio io, la coperta?

- Zia Rosaspina, zia Rosaspina, - supplicai quasi in ginocchio, - non riportatemi a casa quella sciagurata roba: buttatela piuttosto, poiché adesso comincio a credere che anche a darla ad un povero gli porterebbe sventura. Bruciatela nell'orto.

- Va bene - dice lei, sempre calma e severa. - Provvederò io.

Molti anni sono passati. Noi si andò in giro per il mondo, mentre la zia Rosaspina rimase ferma al suo posto, nella sua casa antica, in mezzo all'orto di cavoli fiori, che in questa stagione sembrano lune piene, e dei ciliegi dai quali basta un volo d'uccello per far cadere una miriade di foglie simili a cuori trafitti. Ella non ci scriveva mai: solo, per Pasqua ci mandava le uova dipinte con lo zafferano, e per Natale la torta di noci.

Quest'anno però la torta non arriverà: poiché la zia è morta da una settimana e noi siamo ritornati quaggiù per rivederla un'ultima volta ed anche per raccogliere la sua modesta eredità. Siamo in tempi nei quali una piccola eredità non è da disprezzarsi, tanto più se proviene santamente da una creatura la cui vita è stata tutta una collana di giorni limpidi e puri come diamanti.

Ed ella è morta come è vissuta: senza soffrire: ha chiuso gli occhi e si è addormentata, nella sua casa silenziosa, in mezzo all'orto rosso e dorato.

Quando noi si arrivò, giaceva ancora sul suo letto largo, dov'era nata; il suo viso, che sembrava quello di una vecchia santa di cera, spiccava sul verde di una coperta di seta: la nostra coperta. Non nascondiamo che un istinto di terrore accompagnò la sorpresa, nel riconoscere lo strano drappo, che dunque, poiché tutte le cose della zia oramai ci appartenevano, ritornava a noi con irrisione funebre.

Ma la contadina che l'ha servita fino all'ultimo ci rassicura.

- Ella teneva la coperta nell'armadio, con la canfora e lo spigo; e sempre mi diceva: «Quando sarò per partire col carro di Dio, avvolgimi in questa mantella, che io me ne vada vestita di seta verde, come una sposa che ha mille speranze di gioia».

L'ANELLO DI PLATINO

Andata via la signora Pùliga, rimasero dunque sole, la futura suocera, bianca e tonda come la luna piena, e l'aspirante nuora, bionda esile come la luna nuova; sole, nella stanza da pranzo, che col suo decente divano ricco di cuscini chiari con ricami di colombi, rami di pesco, grifoni e ragni, e le belle credenze coi vetri smerigliati, funzionava anche da salotto. Un aroma di buon caffè casalingo, cioè tostato macinato e preparato in casa, rallegrava l'atmosfera ospitale della stanza, mentre la lampada col velario verde e la frangia di perline dava al rosso-mogano delle pareti un riflesso glauco di tramonto primaverile. Sì, certo, qualche cosa d'insolito, di nuovo, di caldo, vibrava nel piccolo ambiente modesto e gentile; e lo sfondava, allargandolo in vasti cerchi fantasiosi, come una sala di piroscafo viaggiante in alto mare.

La prima a riscuotersi fu la presunta suocera; anzi, un sorriso malizioso, se non maligno, poiché il cuore di lei era buono e riboccante di saggia esperienza, le ringiovanì il viso grassotto, adorno di coraggiosi baffi grigi. Disse, con la sua voce ancora giovanile:

- Hai sentito bene tutto? E hai capito? L'ha fatta completa e ingenua, la sua esposizione, perché in fondo la mia buona Pùliga è rimasta come sono io: eravamo compagne di scuola, entrambe con le scarpe a chiodi e la borsa fatta dalle nostre mamme, come quella per la spesa: e avevamo, d'inverno, anche i polsini di lana rossa e blu: poi ci siamo perdute di vista: io ho sposato il mio bravo vice-segretario all'Intendenza, lei s'è sposata più tardi, con un piccolo proprietario, quasi un paesano, che non sdegnava di far pascolare il suo gregge. Adesso hanno qualche cosa come mezzo miliardo; palazzi, ville, quadri di autore, automobili, domestici, s'intende, gioielli, dei quali il migliore è il loro unico figliuolo.

A quest'uscita, la fanciulla si scosse anche lei, anche lei sorrise, anzi rise; ma il suo era proprio un riso maligno. L'altra protestò:

- Non l'ho detto per male. Un ragazzo di vent'anni, che studia, e non ha vizi, e nonostante i suoi milioni vuol lavorare, non è un gioiello? E poi anche un bel ragazzo, forte, sano.

- Lo dice sua madre!

Pareva quasi indispettita, la piccola Leny, e faceva smorfie scimmiesche. Della scimmia aveva invero gli occhi vividi e acuti, ma le lunghe ciglia arricciate ne smorzavano l'incosciente animalità: del resto era bellissima, con la carnagione di gardenia, una bocca da render pazzi gli uomini, e un personalino chiuso in un abito nero qua attillato, là a falde, che la faceva paragonare ad un'amazzone in miniatura: paragone sciupato, è vero, dalle collane di vetro e dagli orecchini che l'adornavano selvaggiamente.

L'altra, ricordandosi che era dover suo dare anche qualche lezione alla futura nuora, ribatté, seria:

- Una madre non può mai mentire, a proposito del figlio: la madre vede sempre bello il figlio, questo è vero anche; ma la mia amica Pùliga è troppo schietta, leale e semplice, per esagerare le virtù del suo. E poi non avrebbe neppure scopo di vantarlo, specialmente davanti a una ragazza. È tanto ricco.

Ma l'anima ancora caotica di Leny si sollevò di nuovo, tutta, in una risata che era infantile e nello stesso tempo perversa.

- Oh, - disse, - non avrà certo pensato a me, per suo figlio. Però mi guardava in un *certo modo...*

Ecco ch'ella si vendicava, in un certo modo anche lei, dei predicozzi dell'altra: ahimè, erano già di fronte, la suocera e la nuora, le eterne irreconciliabili nemiche.

Sotto l'apparenza di amazzone per giocattoli, Leny nascondeva però, senza saperlo, un fondo di bontà fragile e pura: dopo tutto aveva appena diciannove anni, e il suo vero nome, provincialmente storpiato, era Maria Maddalena. Amava anche lei il suo impiegatuccio, povero ma operoso e dritto come un fuso che tira e attorce il filo forte della vita; e ricordandosi di lui, e lo scopo per il quale era venuta, i vapori che la visita della signora Pùliga aveva suscitato intorno si sarebbero subito dileguati, se l'altra, un po' per innocente vanità, un pochino di più per spirito cattedratico, non avesse ripreso il motivo eccitante che accompagnava la storia della sua antica compagna di scuola:

- Questo non lo ha detto, perché è abbastanza religiosa per non far pesare troppo la sua fortuna su gente, come noi, che possiede solo la fortuna della propria semplicità; ma i suoi milioni si accumulano e crescono in modo fantastico, quasi vertiginoso, perché appunto lei, il marito, il figlio conducono una vita in fondo sobria e, in un certo senso, economica. Sarà anche per la forza dell'abitudine. Ti ho detto che il marito aveva solo un pezzo di terra quasi arida, in montagna: d'estate vi cresceva un po' di erba, ed egli vi faceva pascolare le sue pochissime pecore: ed ecco che un giorno, come nelle favole, egli batte per caso il bastone contro una roccia, e la roccia scintilla come la pietra focaia: incuriosito, egli spezza il masso e ne cava un frammento luccicante: era platino: una miniera di sua esclusiva proprietà.

La parola platino parve di nuovo richiamare Maria Maddalena alla realtà grigio-rosea della sua vita. Si drizzò sulla schiena, fra i cuscini dove prima stava semisdraiata, si tirò giù la veste sulle caviglie lucide come canne d'organo, si aggiustò il cappellino col fiocco che pareva l'ala di un mulino a vento. Disse, abbassando le palpebre, anche perché sapeva che così il suo viso prendeva l'espressione di una Madonnina infilzata:

- Mamma, devo dirti una cosa; sono qui per questo. Abbiamo litigato, con Gregorio; sì, purtroppo. Non sorridere: non dire che sono le solite bizze. Lui è molto arrabbiato; anzi mi aveva proibito di venire qui, e guai se lo sa. Non ti ha detto nulla? Ebbene, ti dirò come è andata. Voleva farmi l'anello da fidanzata. E francamente, come usa sempre, a volte persino con una certa brutalità, mi annunziò che mi avrebbe dato uno dei tuoi anelli, tanto più che tu non li metti mai, proprio così, mi disse: e, naturalmente, io mi sono alquanto piccata. «Spero» gli dissi, «che almeno mi darai quello di platino, con lo zaffiro». «Perché?» domanda lui, inalberandosi. «Perché» ribatto io, dispettosa, lo confesso, «è l'unico anello di tua madre che ancora è alla moda: gli altri sono dell'epoca etrusca». Mai avessi pronunziato queste parole. Forse egli era in un brutto momento di nervi: fatto sta che mi toccò sgarbatamente la collana e gli orecchini, e sibilò a denti stretti: «E questi, di che epoca sono? Del più puro Novecento! Tu dovresti baciarti il gomito a ricevere uno degli anelli di mia madre: il più umile di essi, di oro vero però, vale mille e mille volte più di tutta la tua chincaglieria esterna ed interna». Così, mamma, proprio così, mamma. Ma no, forse io non posso più chiamarti con questo nome, perché ho risposto male anch'io, a Gregorio, ed egli se n'è andato imponendomi di non venire più a trovarti: e non so, non so che cosa egli intendeva dire.

Intendeva bene lei, la mamma: poiché Gregorio non le aveva nascosto niente; e da troppo tempo egli sbuffava e si gonfiava come un riccio, tutto spine e tutto dolore: ma non era certo lei, la madre, a voler rinfocolare la stizza dei fidanzati, anzi cercò il suo più mite sorriso d'indulgenza, e batté la mano sulla mano della fanciulla.

- Gl'innamorati, si dice, fanno lite per aver poi il piacere di rappacificarsi. Lascia sbollire lo sdegno del signorino. Forse è la gelosia che lo fa parlare.

Maria Maddalena, però, scuoteva la testa, e sotto le palpebre sempre abbassate i suoi occhi prendevano la più pura luce concessa ad occhi umani: quella delle lagrime. E un'altra luce più grande le saliva dal cuore: la voglia di confessarsi:

- Non è gelosia, e se lo è, è una gelosia terribile, una specie di odio. Non sono una stupida, per non comprenderlo; egli sa che siamo come due persone di razza diversa: lui tutto anima, tutto d'un pezzo, rigido come una verga d'acciaio; io frivola, amante delle apparenze, qualche volta bugiardina: mi piacerebbe, certo, il lusso, il divertimento, le cose belle, l'automobile, le serate di gala, le grandi stazioni balneari...

Si fermò, impaurita di sé stessa; ma la mamma le batté di nuovo la mano sulla mano. Disse scherzando:

- Ti converrebbe il signorino Pùliga, allora.

Scherzava, sì, ma la sua voce aveva come un velo: uno di quei veli che coprono d'improvviso il sole e, senza offuscarlo, per il momento, minacciano vagamente di addensarsi e diventare nuvole burrascose. Leny sollevò le palpebre, ringoiò le lagrime: la luce del suo cuore si spense. Sentì che fra lei e Gregorio, fra lei e la mamma di Gregorio, si apriva un oceano: da una parte loro, madre e figlio, sulla riva lineare di una esistenza fatta di nulla e di tutto, dall'altra lei, sullo sfondo di un miraggio bellissimo e spaventoso. No, la madre non scherzava, con le sue ultime parole; e Leny, con gli occhi bene aperti, adesso, pensava che bisognava andarsene, camminare, cercare altrove: chi cerca trova. E si alzò, decisa di andare in cerca della signora Pùliga. Ma le faceva male il cuore, perché dentro vi sentiva, sì, un nido di serpentelli.

ELZEVIRO D'URGENZA

Fa presto, il Direttore di un grande giornale quotidiano, a spedire un telegramma così concepito:

«Pregola mandarmi d'urgenza elzeviro».

Lo scrittore, collaboratore ordinario del giornale, sebbene forse aspetti il telegramma, lo riceve con un sentimento misto di compiacimento e d'inquietudine. Compiacenza si capisce di che; inquietudine per la parola *urgenza*.

Poiché, per una ragione o per l'altra, egli ancora non ha pronto lo scritto; e buttarlo giù lì per lì, e sia pure in una giornata, ammettiamo anche in due, non è nelle sue abitudini.

Esistono, è vero, scrittori, e di grande valore, che possono ricevere imperterriti il telegramma; beati loro: ne conosciamo invece altri che ci fanno su una malattia.

Per conto mio l'*urgenza* dell'elzeviro mi desta sempre un vago indefinibile sgomento. Sarà forse ancora l'impressione del primo telegramma del genere, ricevuto, del resto non in tempi remotissimi, una notte sul tardi.

Stavo a leggere, mentre in casa già tutti dormivano. Si suona al cancello. A quell'ora, si sa, non può essere che un telegramma: e l'arrivo di un telegramma, per gente tranquilla, che non ha traffici, dà sempre un brivido, un senso di mistero.

Vado io stessa ad aprire, firmo col lapis del fattorino, sulla sporgenza della cancellata, rientro col foglio già squarciato, lo leggo alla luce dell'ingresso.

Urgenza. Elzeviro. La parola urgenza ancora non ha il suo schiacciante significato, perché ombreggiata dall'altra. Sappiamo, sì, poiché invecchiando s'impara, che cosa voglia dire il vocabolo "elzeviro" ma nella sua sola forma materiale: che cosa intimamente significhi, che cosa il nostro Direttore voglia benevolmente ma anche energicamente da noi, ancora la nostra innocente incoscienza dell'arte giornalistica non lo sa.

C'è l'aiuto dei libri, nel silenzio della notte e della casa, fortunatamente non interrotto dallo squillo del campanello: e da prima si consulta un certo vocabolario particolare; carissimo anche per ricordi di famiglia, passato di generazione in generazione; ma sebbene questo cimelio, gloriosamente spaccato, pieno di cicatrici, di illustrazioni e date che ne attestano il lungo servizio, sia il *Nuovissimo Vocabolario* della lingua italiana scritta e parlata, compilato sui più celebri suoi predecessori, dal Fanfani al Melzi, dal Rigutini al Tommaseo, e pubblicato non solo a Milano ma anche a Buenos Aires, ebbene, la parola *Elzeviro* non c'è.

Per fortuna c'è anche in casa, oltre a parecchi altri vocabolari a quest'ora non facilmente consultabili, una modesta Enciclopedia, in una stanza alla quale con cautela e senza far rumore si può accedere. Buono e utile libro, che si ha il torto di trascurare, anzi di evitare, come si evitano gli amici chiacchieroni, (per non chiamarli con un'altra parola d'uso), ma che si vendica bonariamente quando si ha, come in questa occasione, assoluto bisogno del suo sapere. Ed ecco il suo responso:

«Dal casato di una celebre famiglia di stampatori olandesi, gli Elzevir, prese nome quel carattere tipografico rotondetto, isolato, che oggi chiamiamo elzeviro, e che è usato esclusivamente per gli articoli di fondo (prima e terza pagina), come si usa un materiale scelto per oggetti aristocratici. Il capostipite di questa famiglia di tipografi fu Ludovico Elzevir, nato a Löwen, nel 1540, vale a dire circa un secolo dopo l'invenzione della stampa, quando già erano perfette le edizioni di Lipsia e le aldine a Venezia; merito degli Elzeviri fu il carattere latino e la nitidezza. Ludovico si trasportò a Leida, morendovi il 1617; e in quella città, i figli Mattia e Bonaventura, seguendo l'arte del padre, stamparono anche per il filosofo Cartesio. Con il figlio di Mattia, Abramo, e il di lui cugino Ludovico, la casa si trasportò ad Amsterdam, fino a che nel 1683, l'attività degli Elzeviri si spense. Impressero 2000 edizioni, oggi conservate in biblioteche nazionali tedesche e olandesi, fra le quali, importanti per novità e tecnica, il *Virgilio*, il *Terenzio*, il *Salterio*, e un *Nuovo Testamento* in caratteri greci, opera irta di difficoltà per quei tempi. Ogni edizione elzevira è facilmente riconoscibile per un'insegna quadrata, con una Minerva, il gufo preferito, l'albero della sapienza, simboli tutti del sapere. I caratteri, dunque, che imitarono quello stile, si chiamarono elzeviri, e, per traslato, i pezzi formati con essi».

Il mistero è, così, completamente svelato. Con soddisfazione si torna alla tavola di lettura, e per maggiore sicurezza si apre il nostro caro grande giornale, che ci fa l'onore di stampare i nostri scritti in elzeviro.

L'articolo di fondo è lì; i caratteri ci sorridono, nitidi, nobili, signori della terza pagina; l'"elzeviro" di una colonna e tre quarti, domina come un castello sul feudo degli altri scritti.

Il telegramma, dunque, accenna a una novella, o ad un articolo di varietà. Scartato questo, che non è il nostro forte, rimane la novella. Qui siamo salvi, pesci nella nostra breve ma limpida e sicura acqua. Si può andare a dormire i soliti sonni tranquilli.

E qui invece, comincia il vero, l'intimo dramma: e non da prendersi tanto in burletta. Se il Direttore ha fatto presto a spedire il telegramma, più presto fa l'autore a pronunziare la parola *novella*.

Si scrive, sì, la novella, con gioia, con tormento, anche; tormento che in fondo è l'ebbrezza del martirio come la sentivano gli eroi e i santi: e si può scrivere, sì, in poche ore; ma non quando all'autore pare e piace; o anche quando gli pare e piace, ma non per urgenze esteriori, non per lusinghieri e onorifici inviti; non per lo svago e il piacere del lettore; e neppure infine, per sé stesso. Si scrive quando è giunto il momento, quando il germe di essa novella è maturo, e l'artista ha il bisogno assoluto di scriverla.

Questo germe, nell'artista, non manca mai, come non mancano mai i germi nella terra, anche nei periodi di siccità e di gelo; ma dire alla terra, in questi periodi:

germoglia, fa in poche ore crescere e sbocciare una rosa; è lo stesso che imporre ad uno scrittore, in certi momenti, di scrivere una novella.

La parola *urgenza*, qualche volta, però, un certo effetto lo esercita. Durante la notte che segue al telegramma dell'elzeviro, questa parola può far miracoli: è l'incubo, è vero, ma può essere anche la salvezza. Batte come una pioggia ristoratrice a tutte le fessure dell'anima in pena; è il lumicino nel tenebrore dello smarrimento.

Pur nei sogni agitati, germi di novelle, nascosti nel sub-cosciente, scoppiano, crescono, fioriscono come ninfee nei misteri notturni di un lago. I sogni stessi, non sono avventure straordinarie create dalla nostra fantasia? Nel dormiveglia, poi, tornano in mente i ricordi più belli, o i più tragici, o anche i più semplici, della nostra vita: da essi, come da ogni altra vicenda, alta od umile che sia, l'artista può trarre un capolavoro. E poi, sempre nella notte fatale, si rimuginano tante altre cose, non nostre, ma più che nostre, perché di tutti: fatti di cronaca, resoconti giudiziari, drammi e idilli e incidenti accaduti ai nostri vicini di casa. E le storie sentite raccontare di recente? Da quella della vecchia sottocuoca analfabeta, che girando il mondo, d'albergo in albergo, ha imparato quattro lingue e riferisce a sua volta straordinarie avventure di principesse capricciose, di eleganti farabutti, di dietroscene diplomatiche, a quella della piccola suora che fuggì di casa per farsi tale; dalle cronache del marinaio reduce dalla Cina, ai fatterelli scolastici e sportivi della nostra bambina.

Ma spesso, anzi quasi sempre, questi *spunti* di fatti accaduti, non garbano all'artista, orgoglioso della sua potenza creatrice. Egli vuole inventare anche il fatto, sia un dramma, un'avventura, un innocentissimo *conto*: far nascere dal suo cuore stesso i suoi personaggi; e che tutto, nella narrazione, sia *suo*; il sangue, la luce, i brividi del vero.

Ma appunto per questo bisogna stare in guardia contro i giochi della fantasia, sempre pronta a servirti molti argomenti - forse anche troppi - che presi bene in esame, come in un concorso, vengono mano mano scartati, bocciati, cestinati.

Eppure ce ne sono che farebbero la felicità di tanti buoni lettori. C'è, per esempio, il mai esaurito tema dei drammi famigliari: padri e figli in conflitto, sacrifizi e commedie coniugali; passioni, tristezze, tradimenti e miserie: ci sarebbe la storia dell'avaro che mentre muore vede già la rapina e la dispersione del suo tesoro; e quella del giovane ladro che penetra in una camera, della quale la finestra è continuamente aperta, rubandovi oggetti di vestiario che la tentazione lo induce in seguito a indossare e che gli comunicano la terribile malattia della quale il loro proprietario è morto.

E i titoli? Sono spesso il pernio del racconto, il motivo creatore della breve composizione. E come belli e tentatori! I regni della natura, le passioni umane, le invenzioni e scoperte, gli ultimi avvenimenti del giorno e le fantasie preistoriche, le leggende della terra natia e gli umili oggetti intorno a noi, si fanno la concorrenza per offrirceli in blocco: ma la stessa fatica della scelta ce li fa trascurare.

Infiniti poi sono gli *spunti* lirici, che quasi sempre però ricadono nel fatto personale, e coi quali bisogna andare ancora più cauti, almeno in questi momenti di scelta, penosa come un esame di coscienza.

E allora? Allora resta la fede in Dio, poiché c'è veramente un Dio che veglia sull'artista che ci crede; e la fede in sé stessi, nella propria ferma volontà di mai scrivere pagine fatte di sole parole: e infine la speranza nel domani riposato.

Con questi pensieri ritorna il sonno, - o forse è la stessa dolce violenza del sonno a provocarli, - e tutto rimane sospeso nel mistero del riposo.

E l'*idea* viene precisamente il giorno dopo, quando meno ci si pensa, nel groviglio delle altre preoccupazioni e delle altre fatiche quotidiane, quando, del resto, tutto si sopporta e si fa con sollievo, pur di non mettersi a scrivere. Donde scaturisca non si sa: quello che è certo è il senso di sorpresa e di gioia che l'accompagna. Gioia, pur troppo, riannuvolata di tormento, quando ci si rimette a tavolino e la vastità nivea della cartella da riempire, sembra un deserto lunare che aspetta di essere rianimato dal soffio creatore dell'artista.

C'è da far tutto, qui: da riportare un'atmosfera vitale, da fabbricare una casa, da piantare una vigna, da seminare un prato, da farci nascere, e qualche volta anche morire, uomini, bestie, uccelli.

Ci si fa coraggio; si comincia: le più difficili sono forse le prime parole. Rintronano, in quel deserto: destano quasi spavento, come voci nemiche: ma via via, dominate dalla buona volontà, dalla pazienza, dalla padronanza dello scrittore, si lasciano guidare, perdono il suono, precedono per la via aspra le altre che sono più miti, che non vogliono avere altro significato che quello che veramente hanno: e il significato delle parole non è tutto nel loro suono, come l'anima dell'uomo non è solo nella sua voce.

LO STRACCIAIOLO DEL BOSCO

Finalmente è venuto lo *stracciaro* del bosco. E diciamo finalmente, perché da tempo si desiderava conoscerlo, e non senza una certa trepida curiosità: non come i bambini, che, per le minacce materne, hanno paura del suo sacco; né come tutti quelli, donne, operai, vecchi e servette, che sentono il bisogno del suo provvido passaggio per i loro acquisti specialmente invernali: ma con la solita scusa della conoscenza con la quale ogni personaggio fuori dell'ordinario può arricchire la nostra esperienza artistica ed anche umana.

Si poteva immaginare questo personaggio come un vecchio vagabondo, con la lunga barba di lana di capra, le scarpe ereditate dall'Ebreo Errante, gli abiti a brandelli: e ci si domandava da qual bosco egli veniva; un bosco senza dubbio lontano, forse di quelli dai quali, del resto, scendono spesso i carbonai coi loro lunghi sacchi neri che alimentano il nostro focolare ancora primitivo: il fatto è che tutti parlavano di lui, ma pochi lo avevano realmente veduto: e solo la scarna Giannina, la nostra lavandaia, che anche lei si ostinava ad andare a risciacquare i panni al fiume, come le donne antiche, assicurava di conoscerlo in persona.

E forse fu per suggestione di lei che lo *stracciaro* si spinse fino ai nostri paraggi; e si dice paraggi, perché si stava ancora, nonostante la stagione inoltrata, e sovente pessima, in riva al mare. Le onde agitate arrivavano fino alla duna rinforzata di tamerici che difende il nostro recinto, e s'incanalavano da un lato e dall'altro, in modo che sembrava di trovarsi in cima ad una penisoletta non esente da pericoli di inondazione. Ma era bello, e il rumore continuo del mare destava, fra tutto quel silenzio di luogo disabitato, un senso di dormiveglia piacevole: pareva, infine, di vivere in una casa galleggiante, anzi nella pace romantica di una palafitta; e ad accrescere questa illusione non mancavano i mucchi brillanti dei gusci delle arselle, delle quali, nei momenti di bassa marea, si faceva una pesca straordinaria, convertita subito dopo in manicaretti squisiti ed economici nello stesso tempo.

Tutti i giorni, del resto, verso il tramonto, il cielo si rischiarava, quasi pentito di averci prodigato tante ore di uggia e di monotonia; ad ovest l'orizzonte si accendeva di bagliori verdi e rossi, e la nostra aia, il pozzo, la tavola di pietra davanti alla casa, ritrovavano la gioia calda dei vesperi d'agosto. In questa luce benevola, per quanto illusoria, un pomeriggio sul tardi apparve il nostro uomo.

Sulle prime lo si credette uno di quei merciai ambulanti che, durante la stagione balneare, percorrono le spiaggie affollate, carichi di robe per lo più di lana che accrescono il sudore solo a vederle: e quindi lo si lasciò penetrare volentieri nel recinto, con la speranza di ripescare dai suoi involti un po' di calore estivo. Era giovane ancora, alto, dritto nonostante il suo pesante fardello: vestito decentemente di panno scuro, con un cappelluccio nero calcato sopra le grandi orecchie rosse, aveva, nel viso abbronzato e accigliato, due vividi occhi verdognoli che parevano di diaspro. E furono forse questi occhi i primi a rivelare la sua personalità, mentre egli si avanzava nel vialetto d'ingresso, e gli alberi lasciavano cadere intorno a lui le loro foglie gialle, quasi per salutare il suo passaggio. Sì, dovevano venire da un bosco fitto e sempre verde, quegli occhi acuti e animaleschi, abituati a scrutare i recessi più ombrosi ed a scovare da lontano gli oggetti nascosti. Il carico dell'uomo, poi, che consisteva in un sacco legato con una corda, e le vecchie scatole che lo completavano, non lasciavano più dubbio sulla qualità della sua merce.

Ed era proprio lui: lo *stracciaro* del bosco.

- Non abbiamo bisogno di niente - dice la serva, pur affacciandosi all'uscio della cucina, con gli occhi lucenti di curiosità e bramosia.

- Che ci avete? - domanda invece la signora padrona, scendendo con dignitosa lentezza gli scalini della porta di casa.

Egli ha già capito che c'è da concludere qualche buon affare, e levandosi il copricapo dai capelli lisci, che hanno il colore delle castagne nuove, aspetta rispettoso gli ordini.

- Posate il sacco su quella tavola.

La parola *sacco* dà un'aria di spavento al viso già tanto pallido e mobile della serva: è vero che per spaurirla basta che un carbone scoppietti nel fornello, ma questa volta ha capito anche lei di che si tratta e, diciamo pure tutta la verità, una certa sfumatura d'inquietudine fiabesca s'è diffusa nel cuore degli astanti, ed anche nell'atmosfera intorno.

L'uomo abbassa la spalla, e il suo carico strapiomba sulla pietra rotonda della tavola: la pietra è rossa, e d'un tratto s'illumina come un vetro al tramonto: il sole infatti riluce dietro le siepi della strada, fra squarci di cielo infiammato, e pare un complice del tentatore; poiché l'involto e le scatole prendono subito un altro colore; ed anche la corda, che le dita robuste e insieme agili dello stracciaiolo slegano con sapiente esperienza, ha qualche cosa di vivo, di premuroso, quasi abbia piacere di appagare la nostra curiosità.

Curiosità che però deve frenarsi e pazientare, perché nel sacco, quando i suoi lembi, arrotondati come enormi labbra, si spalancano per insegnarci un'espressione di meraviglia, s'intravvede appena un barlume giallognolo di carta straccia; ma sollevato questo primo velame le sorprese cominciano. Altro che rifiuti e oggettini ritrovati nel bosco!

Qui c'è un bellissimo e rotondo vassoio che fa come da coperchio all'interno del sacco; e che il mercante (oramai è tempo di chiamarlo così) tira fuori e rivolta con abile gesto, agitandolo non forse per liberarlo da qualche granellino di polvere, ma per fargli accogliere il riflesso del sole, come uno specchio per le allodole.

E il vassoio, infatti, desta immediatamente le nostre brame, che d'un tratto, da scettiche e burlesche, diventano serie. Si ha proprio bisogno di un oggetto simile, in casa, poiché l'unico vassoio che possediamo, oltre quelli fragili di porcellana, è di legno, pseudo giapponese, col ramo di pesco già intaccato dal calore della caffettiera colma. Questo è invece di metallo, liscio, sì, con gli orli appena arricciati: la serva, venuta giù pian piano fino a farsi schiacciare il ventre dal cerchio della tavola, lo ritiene addirittura d'argento: e, suggestionata, io prendo in mano il prezioso oggetto, e lo rivolto cercandone la marca. Invece di questa vedo una piccola sigla, e, già messa in avvertenza dalla leggerezza aerea del vassoio, m'accorgo che esso è ritagliato dal fondo di una latta di acciughe conservate sotto sale. Ma non dico niente; anzi metto da parte l'oggetto, buono in ogni modo per i nostri modesti usi quotidiani.

L'uomo non parlava: più che mai dignitoso, quasi tragico, non vantava la sua merce, ma lasciava capire che, se qualcuno si azzardava a disprezzargliela, sarebbe insorto come una bestia che difende i suoi piccoli appena nati.

Ed ecco, tolto il vassoio, egli scosse il sacco e ne fece scaturire un tintinnio metallico: poi ci guardò dentro e accennò di no con la testa: no, quella roba, sebbene risonante e rilucente, non faceva per noi. Era piuttosto adatta per lo stagnino, che a sua volta ne avrebbe creato recipienti per le massaie di campagna: poiché erano tutti barattoli vuoti, frammenti di tubi, brocche rotte, manici di padelle; e serrature, borchie, uncini; tuttavia il fondo riservava qualche cosa che ancora poteva esserci utile, e l'uomo, dopo aver frugato con cautela, anche per non tagliarsi le dita, trasse un candeliere di ottone, lo spolverò con la manica della giacca, lo depose con gesto trionfante sul vassoio.

Questa volta egli era più che sicuro del fatto suo: autentico, massiccio, con lievi e graziose incisioni, il candeliere conservava ancora, sul labbro del vasetto, lasciatavi apposta, una goccia di cera. Il vassoio lo rifletteva compiacente, con un serpeggiamento dorato: e pareva che i due oggetti si completassero a vicenda, dando anzi, all'angolo della tavola, nel chiarore ultimo del tramonto, un'illusione di altare.

Poi l'uomo richiuse il sacco e mise in mostra le sue scatole: due, erano; una un po' sgangherata, con lembi di stoffa che straripavano dalla sua apertura; l'altra, più piccola, ben legata da una cinghia. Egli non pareva disposto ad aprire la prima, sebbene fosse quella che più giustificava il mestiere e il nome di lui; ma una timida domanda della serva, che desiderava uno scialletto, sia pure molto usato, e le sembrava di intravederne uno dalla frangia che si affacciava ad un lembo della scatola, lo persuase ad esporre il suo nuovo tesoro. Tesoro invero da poveretti, prezioso per i giorni che si avanzavano mostrando i loro denti di ghiaccio: e qui il mercante credette bene di parlare, finalmente, spiegando come le sue robe non pervenissero dai mondezzai, ma gli erano state vendute, ancora in ottimo stato, nei giorni sereni, da donnette improvvidenti o bisognose, o magari a loro volta rivendugliole. La sua voce era bella, armoniosa; quasi quasi ricordava anch'essa il mormorio del bosco filettato da gorgheggi di uccelli e da cantilene di acque vagabonde.

- Questa fa per lei - disse, spiegando una sciarpa, verdiccia da un lato e anticamente marrone dall'altro: e anche questi colori, e la lana muschiosa, rammentavano la selva. La ragazza se la misurò e volse la testa a guardarsela di fianco.

- Le sta dipinta: vada a guardarsi nello specchio.

Per far presto, la serva si rimira nel vetro di una finestra, e trova che il suo pallore di bruna risalta sul verde della sciarpa come quello del fungo nella borraccina. E mentre ella contratta con l'uomo, che espone, col suo più seducente sorriso, i denti forti affamati d'amore, e le fa speciali complimenti per imbrogliarla meglio, io rimango a mia volta incantata davanti alla scatola magica. Magica, sì: poiché sollevando un secondo scialle scuro, qua e là bucato dalle tarme, mi sembra di sollevare, come dicono i poeti, un lembo del mio passato. Sotto lo scialle c'è un vestito, di lana, d'un colore indefinito, che tuttavia immediatamente riconosco: anzi è un colore da me sola decifrabile, poiché l'ho combinato io, col fabbricante di maglie che tre anni or sono ha lavorato per me il vestito: ed è un viola scuro, con pagliuzze gialline, che tralucono fra maglia e maglia come vaghi scintillii di stelle nel fondo di un cielo notturno autunnale. Due inverni il vestito ha preso parte della mia vita, ha conosciuto le mie vicende buone e cattive: per il terzo inverno l'ho pietosamente regalato alla Giannina: che godesse anche lei un po' di calore e di benessere borghese. E la birbacciona se l'è venduto: forse per comprarsi due etti di caffè: e forse non ha fatto male, poiché la generosa bevanda le ha procurato una breve felicità che il vestito non poteva darle.

L'uomo riprese la sua aria diffidente quando si trattò di aprire la seconda scatola: pareva lo facesse mal volentieri, e si guardò attorno prima di decidersi. Ma la serva, soddisfatto il suo desiderio, rientrò in casa, anche per rimirarsi nello specchio, e gli altri si sbandavano qua e là per il recinto. Di me lo *stracciaro* non poteva diffidare esageratamente; aprì, quindi, sollevò la carta che copriva gli oggetti della scatola: oggetti, a dire il vero, meno interessanti di quelli del sacco. Fra le altre cianfrusaglie, una bambola col naso rattoppato, dormiva, vestita e calzata, con la testa ferma su una scatoletta di bottoni: mentre l'uomo la sollevava aprì gli occhioni spaventati, e così li tenne, come cosciente di quanto succedeva, mentre egli le traeva dalla gamba, di sotto la calzetta, un piccolo anello di platino, ornato di una pietra di cristallo brillantissimo.

- Questo fa per lei - egli disse, guardandomi le mani nude di anelli e poi fissandomi negli occhi. - Fa proprio per lei, che ha le dita piccole. Lo provi, lo provi.

Oh, che, voleva rifare con me il gioco dello scialletto? Io non toccai l'anello, neppure per curiosità, ma subito mi accorsi che era di valore.

Domando, corrugando anch'io la fronte:

- Com'è in vostre mani?

Questa volta egli risponde con umiltà, dicendo di averlo trovato; io però sento odore di bugia.

- Quest'anello ha un certo valore; si dovrebbe restituire a chi lo ha perduto.

- Eh, sì, e come si fa? - egli ribatte, guardando fisso l'anello: e pare voglia aggiungere: - Se si dovesse restituire tutto quello che si trova, come si camperebbe?

- Si va dal parroco, o dal podestà, i più vicini al posto dove si è rinvenuto l'oggetto, ed essi faranno ricerca di chi lo ha smarrito.

Era come predicare al vento: l'uomo sembrava sordo e sfregava con un dito l'anello lucentissimo. Sollevò di nuovo gli occhi e insisté: - Lo prenda lei: farà un affarone. Può darsi che la pietra sia diamante: eppure io glielo dò per poco.

- No, no.

- Se ne pentirà. È un bell'oggetto, anche da tenersi in casa. Sentiamo, quanto vuole spendere?

- Non lo voglio, anche se me lo regalate - troncai finalmente, burbera: egli capì e rimise l'anello sotto la calzetta della bambola. E la bambola fu giù di nuovo, con gli occhi chiusi, rassegnata a portare lei l'anello alla gamba, come quello di un condannato che sconta la sua pena.

E più in là si sentirono notizie di quest'anello. Fu naturalmente la Giannina, a portarle.

- Sa, hanno aggredito il povero *stracciaro* del bosco: gli hanno preso mille lire che teneva nascoste nella calza, e per di più lo hanno massacrato di botte.

- E lui, come li aveva, questi denari?

- Oh, bella, coi suoi negozi: aveva venduto anche un anello con un diamante vero.

IL TAPPETO

Durante la notte aveva piovuto: adesso, nella rinnovata serenità del mattino, il tratto di spiaggia che noi si frequentava, smosso, ma egualmente lucido, pareva una distesa di frumentone appena sgranato messo ad asciugare al sole. E il sole, a misura che saliva verso lo zenit, lo rendeva compatto, sempre più brillante nella sua filigrana d'oro argenteo. Tanto che si finì con l'abbandonarcisi su, come al solito, godendoci anzi il suo tepore lievemente umido, non più arido, ma come vegetale. E la spiaggia si animò d'un tratto, con più delizia del solito.

Dalle lontananze verso Ravenna si avanzò la figura rossa di una donna, che aveva nello stesso tempo la mansuetudine veloce del cammello e la sveltezza rapace della zingara. Con un pesante carico sulle spalle, e cassette e sacchi in mano, pareva venisse dall'antica città, con un tesoro rubato a qualche principessa bizantina. Infatti quando depose e snodò sulla sabbia il suo prezioso fardello, iniziando una lenta sapientissima esposizione delle cose che conteneva, tutti gli astanti, compresi i più refrattari all'incantesimo delle cianfrusaglie, stettero a guardare, a piegarsi, a toccare timidamente, poi a palpare, poi a sollevare, già sedotti, i lembi di quelle meraviglie.

Pizzi, ricami, merletti, tovaglie, scialli, trine d'oro e di perline, broccati e veli, vestiti di seta color luna e color tramonto, e fiori e fiori, arabeschi, greche, frangie, e il più iridescente e soffice imbroglio che si possa accettare anche da occhi bene esperti. In ultimo, quando già molti dei presenti, specialmente donne, se ne andavano coi loro acquisti, come oche con la coda del pavone, fu steso sulla nuda sabbia un tappeto per tavola, non grande: un metro e venti centimetri per un metro e venti, compresa la frangia che pareva fatta con bionde ciglia di sirene.

Frangia che si staccava da un bordo laminato, del quale sarebbe difficile riferire le tinte cangianti se non si ricordassero quelle di certi uccelli di palude: verdi metallici precipitanti in viola, marroni illuminati di canarino, grigi perlati di piuma: e delle piume più fini la stoffa aveva la morbidezza sensuale. Il resto del tappeto era poi tutta una vetrina di oreficeria: su un fondo carnicino dorato, degno della grande rosa centrale, si svolgevano corone di ghiande verdi, di foglie azzurre, di perle ovali rosse, di ghirigori d'oro e infine, meraviglia delle meraviglie, un ampio cerchio di cuori. Cuori che riassumevano tutti gli altri colori; e più fulgidi e vivi di quelli che si vedono sulle pareti di certe cappelle miracolose: d'argento e d'oro, e alluminati e opachi; alcuni verdi e azzurri nello stesso tempo, altri rossi fiammanti, altri, infine, d'un viola livido come cuori di donne assassinate per amore.

Il sole, adesso allo zenit, illuminava a picco questa cisterna d'incantesimo; e già il mare mormorava il suo fresco congedo meridiano alla gente della spiaggia. Bisognava tornare a casa: si sentiva il richiamo della modesta tavola familiare, che aveva anch'essa i suoi scintillii di cristallo, i tulipani dipinti sui piatti, i ricami dei lieti conversari. Eppure si stava ancora a guardare il tappeto: la prima ad ammirarselo era la venditrice stessa, accovacciata sulla sabbia, rossa e sudata e coi piedi gonfi come una bestia da soma e da tiro che si abbandona alla sua eterna stanchezza. Forse, più che la pania del brillantissimo straccio, fu la pietà per quei piedi d'ebrea errante, nudi e tristi nei sandali rotti, che ci costrinse a tirar fuori il borsellino. E il tappeto fu nostro.

Nostro, sempre più, come l'oggetto di una passione della quale ci si vergogna, e della quale tuttavia si vive. Andò bene per tutta la bella stagione: fu la nostra luna di miele. I colori del tappeto risaltavano sul tavolino da scrivere, davanti alla finestra dello studio di campagna: l'azzurro rispondeva all'azzurro, il verde al verde; quel fondo carneo luminoso alla lucentezza voluttuosa dei lunghi crepuscoli ancora turgidi di calore estivo. E i cuori si dondolavano mollemente, come un festone di pampini, felici delle ultime illusioni giovanili. La rosa era sepolta dal peso e dall'ombra del calamaio, ma pareva vi facesse forza, sotto, perché la penna pescava cose gentili dall'inchiostro torvo.

Di mattina il sole batteva sul tavolino, suscitandovi una diavoleria di lampeggi e colorazioni inverosimili; e il tappeto, a parte la nuvola del calamaio, sembrava lo specchio fedele del quadro della finestra. Avvenimenti felici vi si svolgevano sopra: pioggie di cartoline illustrate, con cari saluti da tutte le parti del mondo; tentativi di versi; macchioline di acquerelli, lasciate dalla pittrice in erba; e il rotolare delle monete di rame e di argento, puzzanti di pescheria, che la serva, visto che il tavolino era di tutti, vi deponeva sopra; e le schegge infocate della ceralacca schizzate dall'appassionata apertura delle amatissime lettere assicurate; e, infine, il camminare della penna sulla cartella soleggiata: camminare agile e vivo come quello delle fanciulle sulla spiaggia.

Intorno vi fiorivano scherzi, derisioni, critiche, invidiuzze puerili: il parente esteta dichiarò il tappeto la cosa più di cattivo gusto ch'egli conoscesse al mondo; il parente bonario, funzionario dello Stato, più crudele ancora, si piegò ad esaminare con un solo occhio la trama e dichiarò che si trattava di seta tessuta con l'ortica: la disegnatrice in erba, fatta più disinvolta da questi giudizi, lo macchiò d'inchiostro di china. E il gattino dei nostri vicini, balzando dalla finestra aperta, si esercitò a diradarne le frangie come il suo padrone i pampini del pergolato. Ma tu resistevi intrepido, o piccolo tappeto nuovo; con tutti i colori della giovinezza: rosso di sangue, azzurro di gioia, smeraldo di speranza; e i tuoi cuori pareva oscillassero, in un cerchio magico di danza, come veri cuori palpitanti di coppie innamorate.

Ma adesso le cose sono cambiate: finita la festa, gabbato il santo. Adesso il tappeto è qui, nel grigio inverno della città, esule drappo che la padrona ha voluto al seguito delle sue debolezze sentimentali. La solitudine affiora attorno, come il muschio sull'acqua stagnante; passano le cornacchie col loro lamento che ricorda quello del corvo del tetro poeta d'oltreoceano: poi gli scheletri degli alberi sogghignano nel cimitero della nebbia e delle luci vespertine.

I colori del tappeto se ne vanno: e sarebbe ingiusto chiedere loro di più. Hanno fatto la loro stagione, e basta. Il primo a trascolorarsi è stato il bordo: e non muoiono anch'essi, in questa stagione di caccia, i luminosi uccelli violacei e ramati, dal lungo becco verde simile allo stelo stroncato di un fiore?

Il tappeto languente si rianima ancora, in certi giorni di sole, e ritrova un sorriso d'illusione: ma il sole va via presto, e nella penombra i cuori sembrano lumache morte, mentre gli schizzi dell'inchiostro danzano come folletti neri intorno al monumento funebre del calamaio che ricorda quelli dei caduti in guerra. Carte melanconiche piovono adesso sulla desolazione del tavolino: gli avvisi delle tasse, la nota del dottore, l'annunzio di una morte, l'annunzio più funebre ancora delle nozze di un uomo brutto con una donna bella. Tutto sopporta il decaduto tappeto che vede già, negli occhi cattivi della sua padrona, anche l'annunzio della sua prossima fine. Invano, con un estremo luccichio, con un dondolarsi tenero dei cuori che tentano un'ultima seduzione, pare chieda la grazia sovrana.

- Salvami almeno dalla morte nel sacco della Sacra Famiglia. Tante cose abbiamo sopportato assieme, liete e tristi. E non sopportiamo forse ancora assieme la lista della spesa giornaliera, le lettere dei seccatori, la nota per la lavandaia?

Ah, ma a questo punto la padrona si sdegna e protesta: ricorda al tappeto che la nota per la lavandaia bisogna rispettarla, se non altro perché, dicono, fu da un grande maestro messa in musica.

- E, - aggiunge, - lasciando il resto del pesante fardello del logorio quotidiano, basta accennare alla foderetta del guanciale, che si porta via l'ombra delle insonnie coi suoi mali pensieri, ma anche l'impronta dei sogni buoni, e l'angolo ancora bianco della luce delle albe che si rinnovano: e la tovaglia che sentì le nostre querele ma anche le cordiali risate familiari e i complimenti agli ospiti benigni; e, infine, il fazzoletto ancora umido di lagrime, o con un nodo per una cosa che si vuole e non si può ricordare.

È inutile dunque che tu chieda pietà, o piccolo tappeto, che se hai ingannato non è per colpa tua ma dell'uomo che ti ha tessuto come tanti altri suoi inganni. Non è colpa tua: ma son bene le colpe degli altri quelle che più duramente si scontano.

Tu quindi te ne andrai rassegnato, lasciando il posto a un tuo compagno più severo, d'un colore neutro, che non sorriderà ma non procurerà neppure distrazioni.

Forse ti rimanderemo in campagna, a coprire un baule; forse andrai in una casa povera, sul tavolino di uno scolaretto ambizioso che ti amerà e disprezzerà nello stesso tempo. Ad ogni modo andrai anche tu per la tua strada, fino a cadere morto, come tutto cade, uomini e foglie; ma neppure allora andrai disperso, poiché anche per i tappeti c'è l'eterna legge della resurrezione; e rinascerai in tela da imballaggio, o in cartastraccia, o, fatto concime, in una rosa di maggio.

LA CHIESA NUOVA

Tornavo, sofferente anch'io per un malessere fisico, dall'aver visitato, in una clinica, una carissima persona da lungo tempo malata di un terribile male: male al cui sbocco la morte risplende come un giardino di rose e d'aranci in riva al mare, in primavera: forse il giardino dal quale l'uomo fu scacciato per il suo peccato originale e dove rientrerà dopo che la vita gli avrà succhiato atomo per atomo ogni possibilità di gioia e di speranza.

La malata mi aveva chiesto un veleno; ed io risalivo la strada sfolgorante di verde e di luce, pensando al modo di procurarglielo.

Così, oltre l'angoscia, mi accompagnavano, neri e sinistri, la disperazione e il delitto.

Là, in fondo alla grande strada dove le ville fra i parchi profondi sembrano case di fate, e sono invece quasi tutte cliniche e alberghi di dolore, lassù c'è una farmacia dove forse potrò riuscire a procurarmi il veleno.

Cammina, cammina, come il bambino smarrito nella selva, il terrore e la speranza spaventosa di un'uscita nel vuoto, mi guidano. Ma la stanchezza del corpo frena il triste camminare: un ginocchio s'irrigidisce e rifiuta di seguire l'altro: eppure continuo; e la mia ombra mi pare il diavolo zoppo che spaurisce e fa ridere i fanciulli.

La strada è lunga, però; tramonta il sole, cade la sera, ed ho paura di smarrirmi davvero.

Domani. Lasciato il progetto al divino domani, per tagliare corto imbocco una strada nuova che so diretta alla mia casa.

È una strada nuova, ma aperta in un parco antico divorato dalla città affamata di spazio. Lecci millenarii la fiancheggiano, e la loro ombra ha come un senso di ostilità e di tragedia: sembrano grandi vecchi sopravvissuti ai loro discendenti, capitani fatti prigionieri dopo l'ecatombe del loro esercito.

Strada nuova? Eppure mi sembra di riconoscerla; come credo di riconoscere i lecci, coi loro occhi rossi di tramonto fissi a guardarmi dallo sfondo del cielo.

Io ho percorso altre volte questa strada, ho conosciuto questi alberi. Quando? In una vita anteriore? O nella fanciullezza ricca e dolce, nel paese favoloso della mia stirpe antica come il mondo stesso?

Non ricordo, e un senso di stordimento mi prende: penso alla leggenda che dice appunto la Sardegna un grande scoglio sopravvissuto alla sommersione dell'Atlantide: ad ogni modo sono certa di aver percorso questa strada con compagni ben diversi da quelli che adesso, muti e ferrati come un branco di sgherri, mi stringono e spingono.

La gioia azzurra, l'illusione vestita d'iride, il peccato, forse, ma coperto di porpora e d'oro come un principe d'Oriente, mi accompagnavano, in quel tempo lontano; e i lecci non erano sinistri e torvi: felici, anzi, come antenati in mezzo alla numerosa famiglia, e superbi come capitani in mezzo all'esercito vittorioso, non si degnavano di por mente alle comitive dei piccoli uomini che violavano col loro passaggio la quiete panica del luogo.

Adesso tutto è ombra: e il luminoso mistero della vita si è mutato in quello tenebroso della morte.

D'un tratto però la strada svolta, sale, va verso l'occidente; e d'improvviso uno sfondo migliore rischiara il triste andare: è uno sfondo agitato anch'esso; un cielo quasi verde, ferito di nuvole vermiglie, dolorante, ma in lotta contro le tenebre: un cielo di dolore e di speranza.

Il suo riflesso però rimaneva per me esterno: potevano brillare i miei occhi, ma non penetrava la luce nell'anima mia.

Domani.

La lieve salita rendeva più faticoso l'andare: il ginocchio malato si faceva trascinare malamente dall'altro come un bambino stanco dalla madre cattiva.

Ancora un poco e saremo a casa: già si vedono le ville nuove, affacciate alla sera con le loro loggie di trina e le terrazze fiorite: le ville nuove, tutte belle e agghindate come spose novelle. Il silenzio le circonda, così profondo che dà un senso di stupore come quando si è bevuto un liquore forte.

La vita è dolce, là dentro; tutti vi sono felici, ricchi e sani: le porte ben custodite non si aprono all'ospite terribile che mi aspetta, da lungo tempo insediato nella mia stanza, e al quale io non ho saputo chiudere mai la porta.

E il contrasto rende più oscuro il cammino.

D'improvviso però mi fermai. Dove la strada è più silenziosa, come in vetta ad un monte, sorge la chiesa nuova: la piccola chiesa del nuovo quartiere dei ricchi. Un po' questi, un po' i poveri che vivono intorno ai ricchi, molto i più ricchi e felici del mondo, i bambini innocenti, hanno contribuito a costruirla.

Qui non si sa descriverla: come si fa a descrivere una piccola chiesa nuova, che invece d'incenso odora di vernice, che non ha cupola né torre, ma una semplice croce timida che pare voglia nascondersi fra le nuvole della sera?

Ancora non avevo veduto la chiesetta; tanto però ne avevo sentito parlare, fin dalla posa della prima pietra, da una bocca innocente, che mi venne desiderio di visitarla.

Da quanto tempo non entravo in una chiesa!

Si usa dire: la miglior chiesa è la casa, e Dio è in noi. E così abbiamo dimenticato il vero Dio, che è sopra di noi, l'Altissimo; e nostro compagno è Satana che ci offre i regni della terra.

Questi pensieri già cominciavano a sviare la mia mente dalla sua strada, e allontanavano di qualche passo i miei compagni feroci: la curiosità sola, ed anche un po' di stanchezza, entrarono con me nella chiesa.

Dentro c'era come un'allucinazione di luogo incantato. Persona viva non l'animava: solo le sedie, legate fra di loro, nuove e fresche, pareva pregassero, in mancanza di fedeli.

Sulle prime il pavimento mi parve azzurro, come un vetro sul mare: era il riflesso delle vetrate azzurre.

I santi sono coperti di viola. E sento un primo colpo al cuore, perché mi sembra che essi si siano nascosti dietro i veli del lutto per non vedere l'anima mia attraverso i miei occhi di morte.

Poi mi metto a sedere e ricordo. È la Settimana di Passione.

E a poco a poco ricordo il resto: la piccola Bibbia sulla cui copertina gli uomini salgono l'erta verso Gerusalemme, il vangelo di Matteo, la donna Cananea, i segni dei tempi, e su, su, fino a Gesù nell'orto degli olivi, e le sue ultime parole: sia fatta la tua volontà, o Signore.

Di nuovo ho un senso di sogno. Mi sembra di riconoscere anche la chiesa: quell'azzurro perlato e alto delle vetrate lo conosco: conosco i volti santi velati di viola, ma di quel viola che domani si muterà in rosa: e infine riconosco i fiori sull'altarino di legno accanto a me.

Sulle prime il loro colore si era nascosto nel colore del velo; ma adesso che i miei occhi cominciano a vedere, anch'essi si rivelano, vengono a me quasi con un grido di esultanza.

Sono i giaggioli del mio orto.

Chi li ha portati? Io non lo so: ed ecco di nuovo non li vedo più. Ma adesso sono io che mi nascondo, per nascondere il tumulto improvviso dell'anima mia, che si sovrappone al primo come l'onda si sovrappone all'onda nel mare agitato.

E il velo è più grave di quello dei santi, perché intessuto di lagrime.

Allora, come nell'involucro di un sogno vero, rivivo la vita anteriore che già mi era riapparsa sotto i lecci.

La chiesa è quella, il bosco è quello. È la chiesetta antichissima, in cima al Monte Orthobene, sopra la cascata di lecci, nell'ora quando il cielo si sprofonda fino a Dio, e dal mondo salgono le nuvole rosse che hanno assorbito e disperdono le passioni degli uomini.

Sono ancora fanciulla: la vita è dentro il mio pugno, come una manciata di gemme; ma io la depongo ai tuoi piedi, Signora del Monte, come nella canzone nuorese la giovane fidanzata morente offre le sue collane alla Vergine Maria.

Tutto io ti offrivo, Regina del Monte, purché tu mi conservassi la fede. E il canto dei fedeli intorno a me rinnovava il mito della nave salvata dalle onde: se ne sentiva il rombo di lotta, nelle voci di mare e di vento, nella cadenza monodica della melodia.

Su Munsignore sacradu,

In su mare navighende,

Mentres fit periculende,

In s'abba casi annegadu,

Cando a tie hat invocadu,

Sa tempesta est isvanida.

Imploranos, de su Monte

Reina, s'eterna vida.

Quando riaprii gli occhi mi sentii pure io salva: e con me l'infelice che da me aspettava la morte.

E così ritornai a casa: l'ospite mi venne incontro, come fosse lui il padrone, porgendomi il pane e la bevanda per ristorarmi, l'unguento per sanare il male.

Ben venga l'ospite inesorabile e divino, che purifica le vene e brucia le scorie del peccato; l'ospite sacro che se ben trattato lascia la casa ribenedetta e il ramo d'olivo che il Signore ci manda per mezzo della sua mano: il Dolore, che è l'intermediario fra noi e Dio.

LA GRAZIA

I miei primi piccoli successi letterarî furono accompagnati, come certi grandi successi, da vivi dispiaceri.

In famiglia mi si proibiva di scrivere: poiché il mio avvenire doveva essere ben altro di quello che io sognavo: doveva essere cioè un avvenire casalingo, di lavoro esclusivamente domestico, di nuda realtà, di numerosa figliolanza.

Finché si era trattato di novelline per ragazzi, transeat; ma quando cominciarono le novelle d'amore, con convegni notturni, baci e paroline compromettenti, la persecuzione si manifestò inesorabile, da parte di tutta la parentela, con rinforzi esterni, che erano i più temibili e pericolosi.

Una ragazza per bene non può scrivere di queste cose, se non per esperienza o per sfogo personale: cosa che, se attira in un certo modo su di lei la curiosità dei giovanotti dell'intero circondario, non desta in loro l'idea fondamentale di chiedere la mano di sposa della scrittrice.

Vuol dire che tutto il mondo è stato sempre paese.

Ma non di questo io mi dolevo: le frecce che miravano più dritto e mi ferivano al cuore erano quelle della critica letteraria locale. Ricordo in modo speciale una lunga lettera anonima, scritta su carta protocollo come un regolare atto di accusa, che con raffinatezza crudele mi raggiunse un bel mattino di settembre, mentre si era in procinto di partire per una festa campestre. Nove giorni durava questa festa, intorno alla chiesa della Madonna di Valverde, nella conca omonima, dolce al mio ricordo come la selvaggia culla dove furono allevati i miei primi sogni d'arte e d'amore.

Si dormiva, per modo di dire, - poiché buona parte della notte si passava fuori, al chiarore dei fuochi intorno ai quali si ballava al suono della fisarmonica, - in certe celle addossate alla chiesa: e durante la giornata la nostra casa era la verde conca col suo ruscelletto, le pietre per sedie, le ombre degli alberi per tende.

Io portavo con me la lettera anonima, come un cilizio che doveva fra le gioie della terra ricordarmi l'espiazione da venire: e, simile al bandito mistico al quale la tradizione attribuisce la fondazione della chiesa di Valverde, mi nascondevo fra le rocce ed i lentischi, per rileggere i capi d'accusa che stroncavano la mia opera appunto come quella di un malfattore.

I colpi più giusti ed inesorabili della denunzia prendevano naturalmente di mira gli errori di grammatica: ma non questo era il maggior dolore: il dolore che mi uccideva era il vedere stroncate e calpestate le mie povere creature: neppure una si salvava dall'eccidio, ed io ero lì, con loro, la più maltrattata e rotta.

E il colore tragico della disavventura prendeva toni più foschi dal fatto che la lettera, si diceva, era stata scritta da una donna.

Toccava però ad un'altra donna rendermi subito giustizia.

Come nei sogni che aboliscono il tempo e la distanza, ma anche con quella luce di angoscia misteriosa che illumina i sogni e fa sentire all'anima sopita la vanità della visione, mi rivedo sul ciglione sopra la valle pietrosa, poco distante da certe rocce scavate e con le aperture basse che non mi permettevano di penetrarci; le *domus de janas*, i celebri monumenti megalitici, abitazioni o tombe preistoriche, dove la fantasia del popolo fa ancora abitare certe piccole fate generose o malefiche a seconda dei casi.

Il cielo, ad occidente, sopra il versante opposto della valle, è tutto di carminio, e al suo riflesso le foglie dei lentischi sembrano tante fiammelle.

Come l'esule che fissa l'orizzonte pensando alla patria perduta, io sto a sedere su un macigno e penso che dunque la mia carriera letteraria è finita. La mia vita oramai è simile a quella valle solitaria, senza strade, senza giardini, sotto una luce di passione che non avrà sbocco se non nelle tenebre della morte.

Sarò anch'io come il lentischio, che solo per gli umili che ne conoscono il segreto nasconde nelle sue radici la potenza del fuoco, e nel frutto selvatico l'olio per la lampada e per gli unguenti.

È troppo poca cosa, però, vivere solo per i poveri, quando si ha sedici anni e si crede di avere il diritto di esistere non sulla terra ma nel sole.

È l'ingiustizia stessa che grava sul povero: l'ingiustizia che, se solleva ancora di più sopra sé stesso l'uomo grande, arrivato al vertice della sapienza umana, atterra le creature ignoranti.

- L'ingiustizia...

Una voce ha risposto ai miei pensieri, come una misteriosa eco interiore. Ma no: è proprio una voce viva; mi volgo quasi spaventata e vedo dietro di me, simile ad una delle *janas* che abitano le case delle rocce, una piccolissima vecchia tutta vestita di nero. Anche il suo rosario è nero; ma due cose raggianti illuminano la sua figura: la medaglia grande che pende dal rosario, di argento filogranato, con due zaffiri; ed il piccolo viso di lei rassomigliante alla medaglia. Il tempo ha logorato ugualmente il viso e la medaglia, lasciandovi lo stesso splendore: e gli occhi della vecchia pare abbiano acquistato quel loro liquido bagliore d'azzurro, a furia di guardare i due zaffiri antichi.

Questi occhi adesso si affissano su di me, e a loro volta mi dànno l'impressione che una nuova luce si sovrapponga all'arido splendore di prima: la luce della fede.

La vecchia si è seduta per terra, a' miei piedi, e sgranando il suo rosario come davanti alla Madonna di Valverde, pronunzia la sua preghiera.

- L'ingiustizia mi ha spinto a cercarti, figliolina mia d'oro; e sono venuta qui perché là dove stiamo c'è troppa gente maliziosa che ascolta. Perché mi guardi così? Non mi riconosci?

La riconosco sì, adesso: è la vecchietta che si è portata in un canestro tutto quanto le occorre per dormire e per nutrirsi - punto centrale la caffettiera - e passa i nove giorni del rito in un angolo della stanzetta che a noi è stata concessa ad uso di cucina.

Proseguì:

- Tu, dicono, sai scrivere meglio degli avvocati: persino la Regina legge i tuoi scritti. È un dono che Dio ti ha dato, e tu devi adoperarlo per il bene dei poveri. Tu devi scrivere una supplica per conto mio. La carta te la compro io, anche se costa una lira. Me la fai, questa grazia?

- Di che si tratta?

Ella mi guardò, sorpresa che solo io ignorassi la sua sventura.

- Come? Non lo sai? Mio figlio, il mio unico figlio, Sebastiano, è stato condannato innocente a venti anni di reclusione, per un delitto che egli non ha commesso.

Questo preambolo è invariabile in tutte le storie del genere; per ciò osservai:

- Dicono tutti così...

Ma il viso della piccola madre si coprì di una tale maschera d'angoscia che ne rimasi turbata.

- Quando te lo dico io, che Sebastiano è innocente, tu mi devi credere. E se no, a che ti serve il talento?

Questa osservazione mi lusingò da prima, poi mi fece pensare: sì, l'alata intelligenza può intendere e scavare il mistero delle vicende umane meglio che una grave per quanto coscienziosa istruttoria.

Allora lasciai che la vecchietta raccontasse la lunga e complicata storia del suo Sebastiano.

L'origine del dramma risaliva nientemeno che all'infanzia di lui, e ad una lepre addomesticata che egli aveva rubato nell'ovile attiguo a quello di suo padre.

Il padrone della lepre, anche lui ragazzo, figlio unico pure lui del pastore accanto, aveva giurato di vendicarsi. Gli anni erano passati. Sebastiano, già uomo di trent'anni, si era fidanzato e doveva sposarsi; ma alla vigilia delle nozze la promessa sposa dichiarò che non intendeva mantenere la parola data.

Per quale vera ragione non si seppe mai: si disse che le avevano dato da bere l'*acqua dell'oblio*; ond'ella aveva dimenticato il suo amore e non voleva più sposare un uomo che non amava.

Ai replicati rifiuti di lei, Sebastiano si rassegnò: dopo tutto, ragazze da sposarsi se ne trovano in tutti gli angoli del mondo, e basta frugare con un bastoncino per farle saltar fuori.

Ma un fatto tragico avvenne: una notte, nell'ovile del pastore padre della ragazza, lui assente, furono sgarrettate dieci vacche, e poiché il mandriano si opponeva e gridava fu ucciso a pugnalate.

- Quella notte, - afferma la piccola madre, - il mio Sebastiano dormiva in casa, accanto al focolare. Ebbene, alla prima alba, tanto io che lui si sentì un grido strano che strisciava intorno ai muri della nostra casa come la punta di un pugnale. Era il grido del nostro vicino d'ovile, del padrone della lepre. Aveva egli colto l'occasione che le apparenze accusavano mio figlio, per vendicarsi? Noi non l'abbiamo mai saputo di certo, se non dal nostro cuore. Il fatto è che Sebastiano fu preso e condannato. Ed egli quella notte aveva dormito accanto al focolare, innocente come il fuoco stesso.

Vera o fantastica, questa versione della madre, io non cercai di controllarla: né d'altronde ne avevo i mezzi. Ero come un avvocato sul serio, che pur di avere una causa appassionante, l'accetta con buona volontà, e si investe di una parte che può procurargli un successo. Io volevo questo successo, che mi risollevasse, sopratutto, ai miei occhi stessi.

- Faremo la supplica: ma a chi?

- E me lo domandi, cuoricino mio? Alla Regina.

La vecchietta diceva questo, come si trattasse di scrivere una lettera confidenziale ad una mia zia o magari alla mia mamma; mentre il nome della grande, della fulgida Regina, alta sopra i nostri cuori come la stella del mattino, faceva rabbrividire l'anima mia.

E fui presa nel cerchio di fede e di fantasia della piccola donna che credeva ciecamente alla potenza magica della parola scritta: potenza d'altronde che se scaturisce dal cuore vivo dell'uomo può davvero attraversare i secoli e gli spazî infiniti e arrivare dal mendicante al re.

Con la parola scritta io dunque comunicherò con la nostra Regina: attraverso la mia voce muta Ella sentirà il cuore della piccola madre, e giustizia sarà fatta.

Avere qui ancora il foglio della supplica! Sostituirebbe, col suo ingenuo soffio di umanità, tutte queste paginette che hanno l'aria di una novella, e non lo sono; o forse era un documento di letteratura che il commosso ricordo trasforma e fa rivivere di più profonda vita?

Non si sa dirlo. So che era scritto in bella calligrafia, a nome della madre, con la firma apocrifa identificata da una piccola croce tremula, significativa immagine della madre stessa, della sua fede, del suo dolore.

Anche l'indirizzo fu scritto da me.

Passò del tempo, e nulla si seppe.

La madre sperava sempre. Io non ci pensavo più, felice di aver per conto mio ripreso nel pugno la fede in me stessa.

Un giorno Sebastiano, che aveva ancora da scontare tre anni, fu per effetto di amnistia rilasciato libero: la madre venne a trovarmi, tutta raggiante come quel giorno fra i lentischi rossi di Valverde.

- Vedi che la Regina ha fatto la grazia?

Invano tentavo di disilluderla. Se la Regina non avesse parlato, ella diceva, il decreto di amnistia non avrebbe mandato libero Sebastiano.

Ed in segno di gratitudine ella mi offrì un ricordo che conservo ancora: è una fiaschetta da viaggio, fatta di una piccola zucca tutto intorno finemente istoriata: lavoro di arte, di pazienza, di attesa, che il condannato aveva eseguito nella casa di pena.

NUMERI

Sognavo di essere appena uscita da una clinica, dove per lunghi giorni ero stata tra la vita e la morte. La gioia di vivere ridestava in me un senso di rapida e leggera fanciullezza; camminavo in punta di piedi, sentivo odore di alba e di rose nella strada asfaltata che per la doppia incessante corsa delle automobili scintillava e tremava tutta come un ponte sospeso sul fiume glauco del crepuscolo.

A casa non mi aspettavano ancora. Che felicità, per i miei ragazzi, rivedermi al posto della mensa da tanti giorni vuoto! Mio marito prenderà dalla cantina la sua più antica bottiglia. Per completare la festa penso di portare anch'io qualche cosa: ed ecco mi si apre subito a fianco la vetrina luminosa e fragrante di una pasticceria. Entro. Una strana coppia, un uomo e una donna che si rassomigliano perfettamente, grassi, rossi, calvi entrambi, con gli occhi di pistacchio, si sporgono verso di me dal banco di metallo. Io indico la torta che voglio comprare. La donna l'avvolge, la lega, mi dice:

- Cinquantanove lire e trenta centesimi.

È un po' cara; ma non voglio fare brutta figura: traggo il portamonete per pagare; e questo portamonete è una scatola di fiammiferi.

Eppure è lo stipendio ultimamente riscosso da mio marito. L'uomo, al banco, accetta la strana moneta; ma dev'essere un sovversivo perché dice con aria tragica:

- Ecco come lo Stato paga i suoi funzionari.

E mi restituisce, contandoli uno per uno, sessantun fiammiferi.

Nel medesimo tempo la luce si spegne; un avventore seduto in un angolo della pasticceria, al quale non avevo badato, esclama con voce ironica e trionfante:

- Questo, a casa mia, non succede, posso giurarvelo.

Io riconosco la voce: è quella di un mio vecchio amico, scapolo impenitente, che si vanta di vivere come gli uccelli dell'aria: senza casa, senza impegni, senza denari.

- Come? - domando. - Se lei non ha casa, la luce certo non ci si può spegnere.

Sempre al buio, egli ribatte:

- Lei si sbaglia, illustre amica. Io ho la casa sui monti. E c'è un candelabro con sei braccia e ventitré candele. Mia madre, che è ancor viva e vegeta, lo tiene sempre acceso.

Mi svegliai con un profondo senso di angoscia. Angoscia per la fine improvvisa del sogno, ma anche per la rivelazione di quella vecchia madre che nella casa sui monti teneva accesa la luce patriarcale, mentre il figlio, già vecchio anche lui, errava per le strade ambigue di una vita senza scopo e senza luce.

Ma subito mi riprese un senso di leggerezza, quasi allegria: ricerco i numeri sognati, li ricordo nitidamente, godo la gioia fantastica della mia infermiera quando le regalerò questa magnifica cinquina. Lei correrà al botteghino del lotto: ci rimetterà certamente le due lire del biglietto; ma per tre o quattro giorni vivrà nel fasto e nell'ebbrezza della speranza di una vincita favolosa. Povera Lina, povera e grande come le pie donne che accompagnarono Gesù al sepolcro, tu lo meriti: tu che sei la mia prima e vera amica; tu che tratti il mio corpo come un corpo santo, che in esso rivedi appunto la divinità del Cristo crocefisso; e scherzando affermi di essere, e lo sei davvero, la mia seconda balia. E credi ciecamente nei miei sogni perché sai che l'anima, quando riesce a staccarsi dal corpo dolente, spazia nel regno della verità inconoscibile all'uomo che crede di essere sveglio e vivo solo perché sono svegli e vivi i suoi sensi mortali.

Ma Lina quel giorno non venne. S'era ammalata anche lei e mi mandò a dire che le dispiaceva solo perché non poteva assistermi. Non so; un senso quasi di rispetto m'impedì di comunicarle, per mezzo della suora che l'aveva sostituita, i numeri sognati: un caso, che, come del resto molti casi della vita, ha dell'incredibile, e a me prima di tutti sembra grottescamente inverosimile, mi diede però lo stesso giorno il modo di liquidarli.

Era il primo giorno che mi si permetteva di alzarmi, e già qualche persona di mia conoscenza domandava di visitarmi: altri telefonavano, e, verso sera, mentre stavo per rimettermi a letto, io stessa dovetti andare al telefono perché un signore chiedeva con insistenza di parlarmi.

Era l'uomo del sogno.

- Sa che ho sognato di lei? - gli dissi dopo la sua comunicazione. - Niente malignità, oh! Anzi lei mi ha dato i numeri del lotto.

- Li ha giocati?

- Io? Io non ho mai giocato al lotto; anzi mi ricordo che una volta tolsi la mia del resto inutile amicizia a una signora intelligente che ci giocava.

Sentii l'uomo ridacchiare: e mi parve di essere ancora nella pasticceria misteriosa, al buio, nella nebbia del sogno. Egli disse con ironia:

- Ebbene, mi dia i numeri e, se crede, mi tolga pure il saluto.

Sullo stesso tono glieli diedi: egli se li fece ripetere due volte, per non sbagliare.

La convalescenza è felicemente finita; questa volta non è un sogno l'uscita dalla sinistra dimora che tuttavia, forse per lo stesso dolore e lo stesso sangue che ci si lascia, diventa tristemente cara. È l'alba della terza domenica dopo Pasqua: un'alba che è tutta una rete sfolgorante di suoni di campane e di canti d'usignuoli. Il rumore della città che si desta ha pur esso qualche cosa di armonioso, di fluviale; tutti gli uomini, oggi, hanno riaperto gli occhi con letizia e quelli che già camminano sono come ragazzi in vacanza. Io non posso più restare a letto: mi sollevo, suono. Lina accorre, allarmata.

- Lina, io voglio alzarmi; io voglio andar via.

La donna, tutta bianca e profumata come un giglio, mi tasta il polso.

- Eppure febbre non ce n'ha! Buona; non vaneggi. Si rimetta giù: le porto il caffè.

- Lina, mi dia almeno un giornale.

Ecco, col caffè ristoratore, un giornale della sera avanti; la prima escursione si fa nella terza pagina, la seconda attraverso la cronaca cittadina, la terza nell'ultima pagina: e proprio in fondo, quasi inquadrati nella stessa cornice nera, vedo alcuni numeri e alcune parole che mi dànno un senso di vertigine mortale. Sono i numeri dell'ultima estrazione del lotto: i *miei* numeri: 59 - 30 - 61 - 6 - 23.

E, sotto, un annunzio funebre: la morte per "improvviso malore" dell'uomo al quale io ho dato questi numeri.

Dopo il primo stordimento, cerco di orientarmi. Ha l'uomo giocato o no? E quanto ha giocato? Se la *posta* è stata di molte lire, la vincita è enorme. Vediamo a che ora è morto: alle undici del mattino: a quell'ora l'estrazione è già avvenuta: l'innocente bambino che, bendato come la sorte, estrae dall'urna i numeri fatali ha già forse incrinato l'arido cuore dell'uomo che da tanti anni batte i selciati della *Città* nella vana ricerca della fortuna.

È così? Non è così? Richiamo Lina: voglio farle domandare notizie, ricercare il filo della verità.

Ma quando rientra, invece di dar retta alle mie domande, ella spalanca i vetri e dà un grido di gioia: poi si inginocchia sotto l'azzurro della finestra e si fa il segno della croce.

Un suono d'organo e un coro di voci bianche riempiono la triste camera: il mondo è mutato; è tutto un tempio dove si celebra una festa primaverile: pace ai morti e pace ai vivi.

La donna si solleva e dice:

- È la Comunione in fiocchi. Il Signore è uscito dalla sua Casa e va a trovare gli infermi.

Tutti i nostri ragazzi, durante la scorsa estate, s'erano innamorati di questa Théros, la celebre attrice cinematografica, allora di gran moda.

E la parola ragazzi significa anche ragazze, e donne e uomini anziani: poiché si era in un paese veramente dolce e solatio di Romagna, dove si usa chiamare le persone affini a noi "cari i miei ragazzi", o in senso più generale, anzi evangelicamente universale: "cara la mia gente".

D'estate, si sa, il cuore è più grande e buono del solito: si diventa, superati i primi caldi che realmente dànno più alla testa che al cuore, tutti innocuamente pazzerelli, leggerini e spensierati. Già le vesti si sono diradate, le braccia tornano a nuotare nude nell'aria che sa di salsedine: negli armadi abbiamo finalmente imprigionato le volpi con gli occhi di vetro e i fantasmi scuri e pelosi che da Santo Omobono in poi ci hanno angariato in tutti i modi: adesso, dopo una buona sculacciata col battipanni, essi meditano cupe cose, mangiandosi la naftalina di cui hanno piene le tasche. È tempo ormai di stoffe farfallesche, di ragnatele iridate: e quando il sarto ce ne porta una, alla vigilia della partenza dalla città, ci succhia il nostro ultimo sangue cattivo, come alla mosca il ragno portafortuna. Fortuna è, certo, lasciare un po' indietro la città rombante e polverosa, voltando le spalle alla propria casa come ad una moglie esigente e brontolona.

Si va verso l'altra casa, è vero, ma questa è l'amichetta sbarazzina, che ha dormito a lungo cullata dal rumore delle onde: adesso si sveglia, spalanca gli occhi glauchi delle sue finestre e ci accoglie sbadigliando e stiracchiandosi come un gattino affamato. Pare seccata della nostra invasione: invece poi ci stringe fino a soffocarci di tenerezza e di gioia: sopporta tutte le chiacchiere, le confusioni, il disordine, l'andirivieni della nuova vita: ragazzi, ospiti, mendicanti, venditori ambulanti di cianfrusaglie, erbivendole e pescivendole, tutti sono suoi amici: persino i rospetti verdolini, in queste sere ancora molli dell'odore umidiccio del prato, vengono a salutarla fin sulla soglia della cucina ospitale.

E in questa casa aerea, fatta di nulla, ma sempre pulsante come il cuore di un uccello, che sono benvenuti i giornali, le cronache, le riviste del cinematografo: anzi sono essi, con le loro meraviglie, a completare la meravigliosa corsa di questi giorni senza peso, che galleggiano come meduse sul mare finalmente placato, sia pure per poco, della nostra gravosa e mossa esistenza. Un'atmosfera d'irreale e di iperbolico si è davvero diffusa intorno: sullo schermo dell'orizzonte passano vascelli rossi e gialli, carichi di fantasie: nei mattini di turchese, sul nastro bianco della riva, sfilano teorie di bellissime donne seminude; verso mezzogiorno, quando il sole a picco tira fuori da ogni goccia d'acqua un gioiello fino, centinaia di teste macabre eppur ridenti galleggiano sui bacili d'argento delle onde, simili a quella di San Giovanni decollato: e i bambini delle colonie marine, neri e per lo più deformi, seduti sulla sabbia, in cerchio intorno alla maestra che ha l'aria di una suora, vi trasportano nelle regioni della Papuasia bonificate spiritualmente dai coraggiosi missionari.

Passano a bassa ed alta quota aeroplani e dirigibili; nella navicella di uno di essi si ammira la testa di un'aviatrice: e lungo la strada litoranea è una corsa ininterrotta di automobili di ogni colore: pare s'inseguano, o trasportino gente che fugge un pericolo di morte, o corra verso un punto che è assolutamente necessario raggiungere.

Ma l'ora buona, quella che stacca dalla realtà pur tenendoci dentro di essa come il fiore nel vaso, è quella del primo meriggio, quando la gente è tornata a casa, e sulle terrazze dei grandi alberghi le donne, abbigliate per la colazione, sembrano, per i loro colori e la trasparenza degli sfondi, fatte di vetri di Murano: la gente modesta sta invece, dopo la borghese e parca mangiatina del mezzogiorno, nei giardinetti fioriti di girasoli, all'ombra morta dei pioppi e delle paulonie: ma veduti dalle sedie a sdraio, dopo la mollezza del bagno fatto un'ora prima, e qualche discreto sorso di albana, questi giardini si protendono in boschi fitti; coppie di amanti si guardano negli occhi, sdraiati sull'erba tropicale, che è poi la gagliarda gramigna nostrana: e non manca il ruggito del leone, che è quello del giovinetto asino del nostro buon vicino e amico Pollini.

All'incantesimo concorre certo la lettura dei giornali illustrati; ed è questa, sopratutto, l'ora del trionfo della bella Théros. Essa è lì, sulle copertine incendiarie delle riviste patinate, come su quelle dei giornaletti da pochi soldi: è davanti a tutti, fanciulli, donne, anziani, e la sua figura domina il mondo: persino qualche vecchietto si lecca l'angolo della bocca e qualche signora austera e melanconica si lascia cadere la testa sul petto.

Bella? Eppure non è veramente bella, Théros, e il suo pseudonimo greco che vuol dire Sole di Estate non risponde alla classica figurazione di Venere: ha le mani e i piedi grandi: mani per afferrare verghe d'oro e braccia muscolose di uomini ardenti: piedi fatti per correre le interminabili strade del mondo, arrampicarsi sulle vette della fama, schiacciare i cespugli spinosi davanti alle romantiche caverne dove nascondersi e sfuggire l'inseguimento della vita brutale di ogni giorno: ma la sua persona alta, esile, pieghevole, di una dolcezza tragica, di una tenerezza corazzata di energia e di coraggio, ricorda, non so, uno di quegli uccelli migratori che volano sopra i mari e le lande, e sfidano le tempeste e i pericoli, pur di trovare e ritrovare, ad ogni stagione, la terra adatta ai loro amori.

E il viso di Théros ha pur esso una bellezza strana, diversa da quella delle sue innumerevoli compagne, inconfondibile: in mezzo ai capelli, che sono di spiga e di crisantemo, il suo viso ricorda quello del Nazareno, per la bocca pura e amorosa, per la luce che ne estenua i lineamenti, a volte fino al chiarore del martirio: ma gli occhi sono solo quali una donna può averli; e c'è dentro tutta la giovinezza dell'umanità, col colore del cielo, del mare, del deserto, delle notti delle metropoli tempestose; occhi di ghiaccio e diamante, fissi a guardare un punto invisibile, che forse è la pupilla di un uomo in passione, forse di una madre che piange la morte del figlio; forse nulla. Nulla: l'infinito, il vuoto e terribile mistero dell'esistenza.

È questo mistero, d'un tratto riempito di ogni gioia e di ogni dolore umano, che attira verso la grande commediante l'attenzione dei suoi adoratori, e li affascinava nelle ore dei loro ozî estivi: mistero di vita, carnale e divino nello stesso tempo, eternamente cantato dai poeti estrosi.

Ma adesso siamo di nuovo qui, nella capitale, ricacciati nel sacco della più grezza realtà. Brutte cose si sentono: donne tagliate a fette, non per passione, ma per turpe rapina; un delitto egualmente orrendo nel quartiere, cioè un mite socievole cagnolino accecato e avvelenato per odio contro il suo padrone; la sterlina gravemente malata di un misterioso morbo; nuvole vanno e vengono, dentro e fuori di casa, e se qualche giornata è serena, la brina la riveste di gelo; ma quando queste mattine ridono, coi loro denti cristallini, sbeffeggiando i vecchi reumatici e brontoloni, che sono di nuovo angariati dai fantasmi neri e pelosi, ancora puzzanti di naftalina, dei vestiti invernali, arrivi tu, Mirella, con le guancie che hanno la freschezza della brina e gli occhi scintillanti come il prato sotto il sole; tu, che, sì, sei rimasta fedele alla tua *Rivista* di Cinelandia, e la tieni sotto il braccio, unita alla racchetta adorata, scaldandola col fuoco del tuo sangue adolescente.

E sbuffi, e ti spogli del tuo soprabito sportivo, e butti via, con un moto della testa, il berrettino giallo che sembra uno spicchio di luna: e dici: - Oh, che caldo, che caldo, oggi! Si stava meglio in estate.

Per consolarti, allora, apri la tua *Rivista*: e, manco a dirlo, ecco campeggia subito, su uno sfondo verde e rosso come le angurie di Romagna, la figura di lei, Théros, coi capelli lunghi ondulati fino al collo d'ambra, intorno al dolce e tragico viso intento a una visione, per dirla con parole usate ai nostri antichi tempi, una visione arcana.

Ma per te non esistono arcani, Mirella; e Théros è quello che è: è quello che tu sei; è la gioia di vivere; è l'estate, che già per te è cominciata col solstizio d'inverno, cioè col crescere del giorno e col crescere della tua statura e della forza dei tuoi desiderî.

- FINE -